SARAH KUTTNER

DIE ANSTRENGENDE DAUERANWESENHEIT DER GEGENWART

KOLUMNEN

FISCHER
TASCHENBUCH
VERLAG

Originalausgabe
Veröffentlicht im Fischer Taschenbuch Verlag,
einem Unternehmen der S. Fischer Verlag GmbH,
Frankfurt am Main, April 2007

© 2007 Fischer Taschenbuch Verlag in der
S. Fischer Verlag GmbH, Frankfurt am Main
Satz: Pinkuin Satz und Datentechnik, Berlin
Druck und Bindung: Clausen & Bosse, Leck
Printed in Germany
ISBN 978-3-596-17533-8

Immer noch und immer wieder für Eric

Vorwort

Eigentlich macht es ja deutlich mehr Eindruck, wenn man sich das Vorwort zu seinem Buch von einer anderen Person schreiben lässt. Am besten von jemandem, der Eindruck schindet. Idealerweise von einem Prominenten. Und ich kann auch tatsächlich nicht verhehlen, dass es mir absolut recht gewesen wäre, wenn an dieser Stelle Heribert Fassbinder, Frank Elstner oder zumindest der Bruder von Thomas Gottschalk warme Worte für das Nachstehende gefunden hätten. Aber Fassbinder und Elstner wollten nicht, und Gottschalks Bruder hat groteske Summen verlangt. Habe dann kurz überlegt, ob ich meinen Vermieter oder einen entfernten Verwandten etwas schreiben lasse, die Idee aber dann rasch verworfen.

Tatsächlich ist es nämlich sogar so, dass dieses Vorwort sogar eine gewisse Notwendigkeit hat. Es gilt nämlich, ein Missverständnis zu klären. Zahlreiche Leser meines ersten Buchs, in dem ebenfalls Kolumnen aus der Süddeutschen Zeitung versammelt sind, sitzen offenbar dem Irrglauben auf, ich würde mir all die Fragen, die ich dort regelmäßig beantworte, selbst stellen. Das wurde mir auf meiner vergangenen Lesetour durch regelmäßigen Nahkontakt mit Leuten bewusst, die bei einem Preisausschreiben mein Buch gewonnen oder es nachgeworfen bekommen haben. Dazu muss gesagt werden: WAS WÄR DENN DAS FÜR

EIN QUATSCH, WENN ICH MIR SELBST DIE FRA-
GEN STELLEN WÜRDE???!!!! MANNMANNMANN,
HERRSCHAFTSZEITEN! ALS OB ICH ... ich schreib
mal klein weiter: Als ob ich den lieben langen Tag nichts
Besseres zu tun hätte, als mir selbst Fragen zu stellen und
diese dann öffentlich zu beantworten. Zwar stelle ich mir
des Öfteren die eine oder andere Frage. Diese Fragen sind
aber oft einfach zu doof, als dass ich dies in einer respek-
tierten Tageszeitung tun würde. Und nein, ich bin durchaus
nicht der Meinung, dass es keine dummen Fragen gibt, um
mal einem häufig getätigten Lehrer-Satz zu widersprechen.
Die Fragen, die ich in der Süddeutschen Zeitung höchst
subjektiv und allwöchentlich beantworten darf, werden mir
jedenfalls von der Redaktion gestellt. Dort sitzen kundige,
gut ausgebildete Menschen, die wissen, wo der zeitgeistige
Schuh drückt – und entsprechend wird gefragt. Oft schlei-
chen sich auch Fragen von Lesern hinein, die ebenfalls zu
wissen scheinen, wie man klug fragt. Diese Fragen treffen
jede Woche per Mail bei mir ein, ich beantworte sie und
schicke sie zurück. Nicht, dass meine Antworten immer
besonders intelligent wären. Im Einklang mit einer häufig
gedroschenen Lehrer-Phrase bin ich nämlich sehr wohl der
Meinung, dass es absolut dumme Antworten gibt. Na ja, so
jedenfalls funktioniert das mit den SZ-Fragen.
Ich würde jetzt gerne noch von anderen, vielleicht wichti-
geren Sachen, erklären, wie sie funktionieren: Fax-Gerät,
Dampfmaschine, DVD-Player, Internet, dreibeinige
Hose ... Aber um eine Antwort auf die Frage nach der
Funktionsweise dieser Dinge zu bekommen, müsste man
mich wohl erst mal fragen.

Sarah Kuttner, Dezember 2006

Die SZ-Kolumnen

Snowboards zu Pflugscharen

Wie die unumtauschbare Gaspipeline
in Putins Garage kam

19.12.2005

Was ist da jetzt eigentlich genau los mit Gerhard Schröder, der Gaspipeline und Wladimir Putin?
Ja, ich bin selbst auch verwirrt. Es handelt sich hier aber auch um einen extrem komplizierten Sachverhalt, den ich kurz mal für alle verständlich aufdröseln will: Letztes Jahr beim gemeinsamen Weihnachtsgansschießen hat Putin – ein leidenschaftlicher Pfeifensammler – zu Schröder gesagt: »Next year I want a Gaspipe from you for Christmas.« Schröder hat leider nicht aufgepasst und statt Gaspipe Gaspipeline verstanden. Mit dieser im Arm ist er jetzt in Russland aufgekreuzt. Putin war verständlicherweise extrem enttäuscht, weil er sich so auf die Gaspfeife gefreut hat. Außerdem hat er jetzt 'ne riesige sinnlose unumtauschbare Gaspipeline in der Garage stehen – der Haussegen hängt also schief.

Welche Band bei Kuttner on Ice Vol. 2 war am besten?
Bevor mir jetzt Heerscharen prügelbereiter Indierockfans mit Gaspipelines auflauern, entscheide ich mich einfach für den Außenseiter und sage: The Good Life.

Snowboard oder Skifahren?

Zum vieldiskutierten Themenkomplex »Spiel und Spaß im Schnee« habe ich mich hier ja schon früher ebenso ausladend wie ablehnend geäußert. Trotzdem: Wenn man mich schon unter fadenscheinigen Vorwänden in den Schnee locken würde – »Das ist gut fürs Wachstum« o.ä. –, wäre die Entscheidung aber klar: Skifahren. Snowboarden ist ein verrohter Ballermann-Sport für Ziegenbartträger, Guano Apes-Fans und anstrengende Dauer-Fun-People. – Ich sage: Snowboards zu Pflugscharen und spendiere allen verirrten Snowboard-Fans einen Abend Pipeline-Rodeln bei Putins in der Garage.

Was hältst du davon, wenn Ärzte streiken?

Finde ich gut und richtig. Es sei denn, ich bin gerade krank. Ansonsten bin ich aber Befürworter von Ärztestreiks. Man muss das langfristig sehen. Wenn wir eines Tages eiternd auf rostigen Feldbetten verenden, weil einfach niemand mehr den unattraktiven Beruf des Arztes erlernen will, werden wir uns noch wünschen, dass damals 2005/2006 die Forderungen der Ärzte erfüllt worden wären.

Deine Platte des Jahres?

Diese Frage macht mir gerade wieder klar, wie lang das Jahr war. Eigentlich müsste ich jetzt nämlich eine Platte nennen, die ich Anfang Januar als Vorab in den Briefkasten gedrückt bekommen habe: Moneybrother – »To Die Alone«. Allerdings eilt mir mittlerweile der Ruf voraus, einer bizarren Moneybrother-Sekte anzugehören, weshalb ich meine Beifallsbekundungen in diese Richtung etwas zurückgeschraubt habe. Und seitdem sind ja auch viele andere Platten den Fluss runtergeschwommen. Zwei weitere Platten, die bei mir jedenfalls auch bis in alle Ewigkeit mit dem Jahr 2005 verknüpft sein werden, sind die Singles-

Compilation von Belle & Sebastian und das Descembe-
rists-Album.

**Interessiert du dich für Billighandys aus dem
Discounter?**
Nein. Dafür ist mir mein Handy dann doch zu sehr ein per-
sonalisierter Kuschel-Fetisch. Ich spare lieber an anderen
Dingen. Zum Beispiel an Jahresplatten.

Worauf freust du dich 2006 am meisten?
Auf das 2005er-Revival: blaue Wildleder-Indianer-Stiefel
mit puscheligen Bommeln dran, Papst-Kult, die Verfilmung
der Prozesse gegen Hoyzer, Türck und Jackson in EINEM
EINZIGEN Film – solche Sachen. Ah, und Blackberrys
werden im Zuge dieses Revivals sicher auch wieder
modern.

Zwischenlacher

Gagschutz für Arnold

27. 12. 2005

Wie war Weihnachten?
Sehr gut. Ich komme mir ganz dumm vor, dass ich vorher
so viel Angst davor hatte. Aber es ist wie bei vielem, was
man zum ersten Mal macht. Man fragt sich nachher, warum
man nicht früher damit angefangen hat.

Und die Weihnachtsfeier?
Auch ganz toll. Zuerst haben wir lauter Sachen gegessen,
für die wir im übrigen Jahr stets gute Gründe finden, sie
nicht zu essen. Danach saß man beisammen und guckte
etwas gegen die Wand oder blätterte in umherliegenden
Möbelprospekten. Gegen 21 Uhr war die Hälfte der Gäste
eingeschlafen, während der Rest darin versunken war,
einander aufgrund einer aus dem Ruder gelaufenen Diskussion Hämatome und Gesichtsprellungen zuzufügen.

Und das beste Geschenk?
Eine fünfhebige Sumpfkoryphäe aus dem Morgenland.
Genau die, die ich im Prospekt gesehen hatte. Auch sehr
gefreut habe ich mich über die 12 Kartons mit Holzbrettern
drin, die für mich bei Ebay ersteigerten Originalsitzkissen
von Ingolf Lück und das Buch »Schneller und gezielter auf
Kolumnenfragen antworten«.

Was denkst du über Arnold Schwarzenegger?
Arnold Schwarzenegger ist eins von diesen Phänomenen,
das einfach zu dämlich ist, um sich daran abzuarbeiten. Die
Differenzierungsmöglichkeiten gehen so dermaßen gen
null, dass es schlichtweg keinen Spaß macht. Eigentlich
können Schwarzenegger, Küblböck, Michael Jackson und
Marc Terenzi gemeinsam in einen Sack gepackt und für
mehrere Jahre in den Schrank mit der Aufschrift »Viel zu
einfache Prominentenopfer (selbst für Deutsch-Come-
dians)« gepackt werden. Mir wäre allerdings wesentlich
wohler, wenn Küblböck, Jackson oder Terenzi kalifor-
nischer Gouverneur wären. Trotzdem: alle vier sind nominiert für die fünfhebige Sumpfkoryphäe und stehen für ein
Jahr unter Gag-Schutz.

Moby will als erster Musiker ins All. Muss das sein?
Könnte ich den Fall rein musikalisch betrachten, müsste
ich jetzt sagen: Ja, es muss ganz dringend sein, dass sich
Moby ins All schießen lässt. Schließlich sind die Möglichkeiten zur Produktion von Klamottenladenmusik da oben
deutlich eingeschränkter. Aber: Moby war letztens bei uns
in der Sendung zu Gast und erwies sich dort als derart
freundlich und sympathisch, dass ich fast mit ihm Weihnachten gefeiert hätte. Da ich an Weihnachten aber rituell
riesige Mengen rohen Fleisches zu mir nehme, die ich unter
irrem Gelächter hinunterzuwürgen pflege, konnten der
liebenswerte Weltall-Veganer und ich nicht zusammen-
kommen.

Dein Buch des Jahres?
Joey Goebel: »Vincent« (Diogenes). Ist zwar schon letztes
Jahr erschienen, aber es kam mir erst in diesem Herbst
unter die Pupille. Im Original heißt das Buch »Torture The
Artist«, was schon ziemlich viel über den Inhalt sagt. Es

15

geht um Seelenverkauf, Leid und Folter im Showgeschäft.
Ähnlich wie in »Faust«.

Elton John hat geheiratet. Gut so?

Abgesehen davon, dass ich das Herrn Wowereit hinterher
gekultete Zitat »und das ist auch gut so« hasse wie Mund-
fäule beim Weihnachtsmann, kann Elton John tun und
treiben, was er will. Elton John hat übrigens den besten
Song für den 31. Dezember um 0 Uhr geschrieben. Deshalb
die nächste an mich selbst gestellte Bonusfrage:

Bester Song für 0 Uhr am 31. Dezember?

»Rocket Man« von Elton John.

An Silvester: Böller kaufen oder Geld sparen?

Beides. Und dann nächstes Jahr bei den Weihnachts-
geschenken sparen.

Slipknot beim Skispringen

Warum Sarah Connor den ganzen Tag
»Firecracker« sagt und
Loriot einfach zu schnöselig ist

3. 1. 2006

**Und? An Silvester Böller und/oder Raketen
entzündet?**
Nein. Ich bin ja eher so der Tischfeuerwerks- und Wunder-
kerzentyp. Mir ist es einfach wichtig, dass ich sitze. Außerdem blase ich irrsinnig gerne Luftschlangen durch die
Gegend und werfe unter irrem Gelächter mit Konfetti um
mich. Ich bin also genau die Frau, mit der Sie immer schon
mal Silvester feiern wollten.

**Wie sagt man eigentlich korrekt: »Ladyknaller«,
»Firecracker« oder »Nonnenfurz«?**
Hm. Ich denke doch »Ladykracher«, oder? »Firecracker«
sagen nur Leute, die sich auch sonst des fortgeschrittenen
Pop-Amerikanismus schuldig machen. Leute, die auch
ständig »all right« und »Liebes« sagen. Sarah Connor
sagt vermutlich »Firecracker«. Hm. Kann man verklagt
werden, weil man jemandem unterstellt, er sage den ganzen
Tag ein bestimmtes Wort, das dieser aber tatsächlich nie
benutzt? Falls man nicht verklagt werden kann, behaupte
ich hiermit, dass Sarah Connor zu Hause den ganzen Tag
»Firecracker« sagt. »Nonnenfurz« finde ich übrigens auch
hübsch – klingt allerdings zu sehr so, als hätten sich 3
Bloodhound-Gang-Ferienlager-Lausbuben das Wort am
Telefon ausgedacht.

Ich muss nächste Woche das erste Mal zu den Eltern meiner Freundin. Hast du einen Tipp, wie ich das überstehe?

Ist das dieser Tage wirklich noch ein Problem? Wird man auch heutzutage noch von den Eltern gemobbt, weil man witziger ist als der Vater, weil man aus Versehen die Asche der Großmutter durch die Wohnung wirft oder weil man unter den Augen aller vorm Tischgebet schon herzhaft in eine Deko-Blume beißt? Kennlernspiele sind in jedem Fall sehr gut. Der eine sagt »Hallo, ich bin der«, der andere sagt »Oh, toll, und ich bin der und der«, und dann … na ja, Kennlernspiel eben. Ansonsten empfehle ich zu diesem Thema die meisten Filme mit Ben Stiller.

Skispringen: Fluch oder Freude im TV?

Skispringen? Nein. Nicht mehr. Wisst ihr, als ich in eurem Alter war: Gott, was bin ich da von den Sprungschanzen dieser Welt gesegelt. Dann kam aber irgendwann die Umkehr. Nachdem ich hörte, dass enorm viele Skispringer in Bäumen stecken bleiben und somit direkt am Waldsterben Mitschuld tragen, habe ich diesem grausamen und zynischen Sport den Rücken zugekehrt. Heute mache ich Aufklärungsarbeit am Rand von Skisprungschanzen, betreue aussteigewillige Skispringer und leiste mir dann und wann mal ein Tischfeuerwerk mit Konfetti.

Trägst du einen Ring?

Nicht an den Fingern. Haha.

Nein, Sarah Kuttner mit Ring – das wäre in etwa so wie Angela Merkel mit Badekappe oder Slipknot beim Skispringen.

Das Prinzip »Videothek« ist tot, oder?

Och, weiß nicht. Die Videotheken, die ich kenne, sind alle
nach wie vor sehr gut besucht. Ganz im Gegensatz übrigens
zu den mir bekannten Skisprungschanzenverleihgeschäften
(wie ich mit Genugtuung feststellen muss). Zwar passt der
Name nicht mehr so ganz (wobei die sich ja damit raus-
reden können, dass »Video« von »sehen« kommt und nicht
das Medium bezeichnet), aber Dvdothek klingt auch eklig.
Falls demnächst wirklich irgendein Horst auf die Idee
kommt, seinen Laden Dvdothek zu nennen, kette ich aus
Protest all meine Videorekorder vor dem Laden fest.

Wer ist lustiger – Loriot oder Didi Hallervorden?

Uff, kann mich für beide nicht so recht begeistern. Beim
einen spritzt mir zu viel Wasser aus der Blume, und der
andere ist mir zu schnöselig. Muss es einer von den beiden
sein?

Auf der Showtreppe der Ewigkeit

Richard Ashcroft feiert ein
Toilettenpausen-Comeback

9. 1. 2006

2006 beginnt als großes Comeback-Jahr: Richard Ashcroft ist wieder da.
Hurra! Obwohl: Wie definiert man eigentlich genau »Comeback«? Früher dachte ich immer, ein Star hätte ein Comeback, wenn er oder sie nach 30 Jahren Entzugsklinik und fünf entfernten Gallenblasen plötzlich doch nochmal die Showtreppe der Ewigkeit runtergelaufen kommt, und 35 Generationen drehen durch. Aber mittlerweile sprechen die Leute ja schon von Comebacks, wenn einer nach 'ner kurzen Toilettenpause den Weg zurück in den Hörsaal findet. Wenn Richard Ashcroft vor zwei Jahren angekündigt hätte, er würde sich künftig nur noch dem Bemalen von selbstgebastelten Holzmännchen widmen und jetzt plötzlich mit 'ner Reggae-Platte um die Ecke käme, dann würde ich mich sofort bereitwillig von Comebackgefühlen überschwappen lassen. Aber: war Richard Ashcroft überhaupt weg? Und wenn ja – wo?

Martina Hingis ist auch wieder da.
Na Gott sei Dank. Wer?

Wo sitzt du lieber: am Fenster oder am Gang?
Fenster. Da hat man eine luxuriösere Schlafsituation. Sitzt man am Fenster, besteht wenigstens die fünfzigprozentige

Chance, nicht zum Nachbarn rüberzukippen und diesen mit Sekret zu benetzen. Der Nachteil am Fensterplatz ist natürlich, dass man beim Aussteigen länger warten muss. Es ist aber nicht schlimm, relativ spät aus einem Flieger zu steigen. Im Gegenteil: Flugzeugsitzenbleiber strahlen eine enorme Ruhe und Gelassenheit aus. Außerdem könnte es ja sein, dass man mit der soeben von einem Comeback heimgesuchten Martina Hingis geflogen ist. Steigt man relativ spät aus, kann man, während man ihren Sitzplatz passiert, noch schnell gucken, ob die Hingis ein ordentlicher Mensch ist oder die Hälfte ihres Mülls im Flieger gelassen hat.

Zur Zeit reden alle über Österreich: Magst du die Alpenrepublik?
Ich hatte bisher keinen Anlass, Österreicher nicht zu mögen.

In der kommenden Woche beginnt das Sundance-Festival. Interessierst du dich für dieses wichtige Festival des Indie-Films?
Oje, wenn ich schon »dieses wichtige Festival des Indie-Films« höre, klappt schon mein Interesse in sich zusammen. Schlagartig sehe ich Dokumentarfilme vor mir, in denen ein stummer Opernsänger dabei begleitet wird, wie er wieder zurück ins Leben findet o. ä. Bestimmt laufen da auch mit ultra-spartanischem Budget gedrehte Neo-Stummfilme von und mit Vincent Gallo, und es gibt eine Werkschau von irgendeinem Russen, der 1978 schon vor der Landung aus dem Flugzeug ausgestiegen ist. Aber man hört ja sehr gutes über den Comeback-Film von Martina Hingis, der auch dort laufen wird.

Die FDP feiert Geburtstag. Was wünschst du der Partei von Guido Westerwelle zum 60sten?

Die sofortige Auflösung.

Ist Internetsucht eine Krankheit?

Ja. Zudem eine, die häufig mit einem äußerst egalen Kleidungsstil einhergeht. Ich hab im Internet bislang jedenfalls noch keine interessanten Leute kennengelernt. Aber ich google jetzt mal Martina Hingis.

Holland mit Sido-Maske zur WM

Skandinavien-Hype, Cowboy-Filme
und Atomausstieg

23. 1. 2006

**Die große Koalition streitet über Atomkraft. Bist du
für den Ausstieg oder dagegen?**
Dafür. Es gibt Alternativen zu Atomkraft und Kohle.

**Holländische Fans bereiten sich derweil auf ihre Art
auf die WM vor. Sie kaufen aus orangefarbenem
Plastik nachgebaute Stahlhelme der deutschen Wehrmacht als Fan-Bekleidung. Schamlos?**
Ich fand die Wehrmacht schamlos. Dass holländische
Fans auf unserer Vergangenheit rumreiten, ist zwar nicht
originell, aber legitim. Wir können aber eigentlich froh sein,
dass die Holländer immer noch mit unserer Vergangenheit
beschäftigt sind. Das bedeutet: Die Holländer haben noch
nicht gemerkt, dass die Deutschen immer noch ein bizarres
Experimentalvolk sind. Um nur ein Schreckensszenario
an die Wand zu malen: Die Holländer hätten sich auch alle
Sido-Masken überstülpen können.

**Alle Welt redet von Skandinavien. Ist Stockholm
mittlerweile cooler als Berlin?**
Ach, wie's immer so ist. Seit in jedem Fachmagazin für
Kartoffeln mit Übergröße Skandinavien gehypt wird, nervt
das Phänomen ja schon wieder. Ich zum Beispiel bin in
den letzten zwei Wochen, wenn's hoch kommt, bestenfalls

dreimal skandinavisch essen gewesen. Und was die dortige Musikszene angeht: Letztlich werden in Skandinavien ja auch nur drei Stile gepflegt. Zum einen röhrenhosiger Pseudo-New Wave, Sixties-Rock in knappen nierenfeindlichen Lederjäckchen und Elektronik-Geschraube. Also der gleiche Krempel, der auch überall sonst fabriziert wird. Allerdings haben skandinavische Musiker die besseren Namen. Fast alle heißen Thörben Atventsen, Pelle Astmahstevsen oder Ville Kunterbunt.

Hast du schon einen Tipp, wer in diesem Jahr den Oscar gewinnen wird?
Wahrscheinlich der Film mit den schwulen Cowboys. Schreit doch nach Oskar. Mit Sicherheit bekommt der Film einen Oskar in der Kategorie »die besten Hosen«. Alle anderen: CHANCENLOS! ABGESCHLAGEN! ERLEDIGT! Um gegen den Film über homosexuelle Cowboys anzustinken, muss man schon einiges bieten. Da hätte schon, sagen wir, Sylvester Stallone einen Film über einen einbeinigen Bergsteiger mit Gedächtnisverlust machen müssen, um daran zu kratzen. Ein Biopic über Franz Beckenbauer (in dem der greise Fußball-Patriarch an den mafiösen Machenschaften der Stiftung Warentest zerbricht) hätte auch noch Chancen gehabt. Aber den Film muss Oliver Stone erst noch drehen.

Joschka Fischer will Professor in Amerika werden. Was denkst du darüber?
Na ja, ist zumindest ein besserer Job als Gaspipelinerputzer in Russland. Zumal Joschka Fischer mit einer Hand in der Hosentasche hinter einem Dozierpult hervorkrächzend eine schöne Vorstellung ist.

Tony Blair hat in einem Fernsehinterview zugegeben, dass er zumindest die älteren seiner vier Kinder geohrfeigt habe. Dürfen Eltern ihre Kinder schlagen?

Sie sollten es sehr dringend unterlassen. Allerdings sollte man nicht so selbstherrlich sein, zu denken, man selbst würde in einem hysterischen Moment nicht mal die Nerven verlieren und seinem Kind einmalig eine knallen. Deshalb: Nein, Eltern sollten ihre Kinder nicht schlagen. Allerdings sollte man mit seiner moralischen Entrüstung über etwas zupackendere Eltern auch dosiert umgehen. Ich weiß, es ist kein seriöser Vergleich: aber meine Redaktion kriegt von mir auch jeden Morgen erst mal eine gekachelt – und es hat ihnen nicht geschadet.

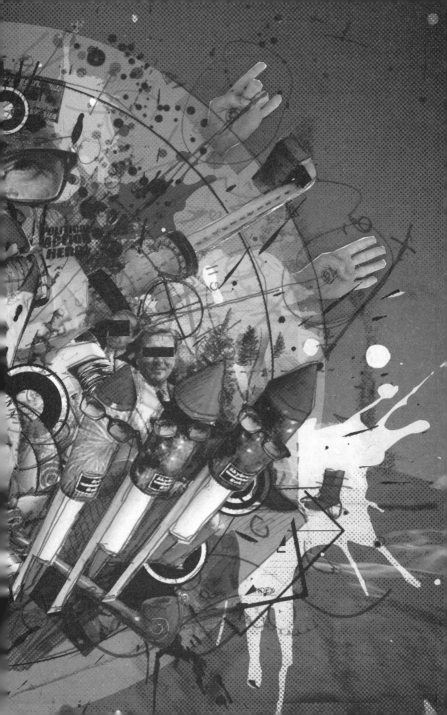

Doofe Technik

Klettverschluss zum Schalten

30. 1. 2006

Kann es sein, dass Technik im Jahr 2006 wieder cool wird?
Das kann tatsächlich sein. Erst gestern hat sich meine Epiliermaschine, die gleichzeitig auch kopiergeschützte Telefongespräche abhören kann, äußerst arrogant verhalten. Ich wollte einfach nur zwölf doppelte Latte Makkaroni mit ihr kochen, aber sie hat sich geweigert. Doch VORSICHT! Man sollte von einer übercoolen, arroganten Epiliermaschine nicht gleich auf die ganze Technik schließen. Da gibt es ja Nuancen.

Ohne welche Webseite könntest du nicht mehr auskommen?
Ach, ich finde es eigentlich sehr erstrebenswert, ohne eine bestimmte Webseite auskommen zu können. Gerade weil ich persönlich sehr viele Leute kenne, die noch vor dem ersten Kaffee sofort, sagen wir, auf die Homepage von Frank Elstner oder der Meldestelle für arrogante Technik gehen müssen, um zu checken, welche neuen Elstner-Events anstehen.

Fährst du gerne Schlitten? Welcher Typ bist du: eher Zipfl-Bob oder eher klassischer Schlitten?
Zipfl-Bob sagt mir nichts, wird von mir aber alleine schon aufgrund des Namens abgelehnt. Ist das so was, womit dann ziegenbarttragende Crossover-Typen mit enorm vielen Tribal-Tätowierungen durch die Gegend rodeln? Nein, ich denke, ich bin eine klassische Schlitten-Frau. Nicht, dass man mich in den letzten fünf Jahren jemals irgendwo auf einem Schlitten hätte antreffen können, aber wenn man mir eine Epiliermaschine an den Kopf halten und mich zwingen sollte, würde ich die Holzvariante wählen.

Wenn du dir eine Digitalkamera kaufst: auf welche Eigenschaften achtest du besonders?
Rücksicht, Einfühlungsvermögen, Humor, Offenheit, Intelligenz – und sie sollte Kinder mögen.

Welche technische Innovation bringt dir mehr: der Klettverschluss oder der Lippenstift?
Weder noch. Beides kommt in meinem Haushalt praktisch nicht vor. Na ja, meine Epiliermaschine hat einen Klettverschluss, aber die kommt morgen eh ins Heim für doofe Technik. Ich glaube auch, dass gerade der Klettverschluss mittlerweile an seine Grenzen gestoßen ist. Der Klettpeak, möchte ich behaupten, war ja schon Ende der 80er überschritten. Und neue Innovationen sind da wohl kaum zu erwarten. Ich kenne zwar jemanden, der einen Auto-Prototyp fährt, dessen Türen mit Klettverschluss funktionieren. Aber nach allem, was man hört, hat der da nur Ärger mit.

Besitzt du eine Mikrowelle?
Ja. Ein tolles, ehrliches Gerät, das alles schön heiß macht, aber keine beknackten Zusatzfunktionen bereithält.

Beim Autofahren: Automatik oder Schaltgetriebe?
Definitiv Schaltgetriebe. Autofahren ist ja sonst eine eher
langweilige Tätigkeit, weswegen ja immer mehr Leute im
Auto Hörbücher hören. Manchen ist im Auto ja sogar so
langweilig, dass sie Hörbücher EINSPRECHEN. Das finde
ich fahrlässig. Da ich aber keine Lust habe, mich im Auto
literarisch volllabern zu lassen, will ich wenigstens weiter
schalten dürfen.

Hools bei H&M

Echt geile Scheibe: Die Erde

6. 2. 2006

Soll der Film »Sophie Scholl« den Oscar bekommen?
Es mag ja vereinfachend sein, aber ich fänd's schön, wenn
mal ein nicht so nach Geschichtsunterricht müffelnder
deutscher Film nominiert würde. Kann nicht mal einer
nominiert werden, der von einem Mann handelt, der fest-
stellt, dass sein Vater eigentlich seine Schwester ist? Ich
dreh ihn auch freiwillig!

**Was hältst du davon, während der WM die Laden-
öffnungszeiten auszudehnen?**
Damit ich neben irgendwelchen Hooligans bei H&M in der
Unterwäscheabteilung stehe? Ein klares Nein. Ich finde es
eh Blödsinn, wegen einer dahergelaufenen Fußball-WM
alle Alltagsabläufe umzukrempeln. Wahrscheinlich wird
demnächst bloß wegen der WM das TV-Programm um-
gestellt. Dann wird Deutschland komplett überdacht, und
weil man schon dabei ist, kann man eigentlich für die
WM-Zeit auch noch Crack legalisieren.

**Eine britische Studie will herausgefunden haben,
dass es hilft, wenn man vor wichtigen Prüfungen Sex
hat. Deckt sich das mit deinen Erfahrungen?**
Ich bin dafür, den Partner *vor* dem Sex einer ausgiebigen
Prüfung zu unterziehen. Und ich weiß auch nicht recht,

ob ich mit jemandem in die Kiste will, bloß weil der am nächsten Tag seinen Mofaführerschein macht. Muss man heute eigentlich noch einen Mofaführerschein machen? Wenn nicht, finde ich es fahrlässig, über eine Überdachung Deutschlands während der WM nachzudenken, während draußen marodierende Mofafahrer Schlangenlinien auf dem Bürgersteig fahren!

Was muss man über die Berlinale wissen?

Die Berlinale ist die Fußball-WM für Filmnerds, Prominentensüchtige und Currywurstesser. Es gibt nur zwei Unterschiede zwischen der Berlinale und der WM: 1. Bei der Berlinale laufen Filme, bei der WM nicht. 2. Niemand kommt auf die Idee, wegen der Berlinale über die Ladenschlusszeiten zu debattieren.

Schon die neue Tomte gehört?

Nee, aber gesehen. Thees ist tatsächlich vor zehn Minuten am Redaktionstisch vorbeigestakst. Aber aufdringliche Musikempfehler nerven mich schon seit Wochen damit, wie toll die Platte sein soll. Junge Leute sagen übrigens wieder »Scheibe«, wie ich letztens festgestellt habe. Zur Erde!

Was denkst du über den »Bundesvision Songcontest«?

Fand ich toll und wurde zu Recht im vergangenen Jahr mit dem Grimme-Preis bedacht. Eine gute Idee, die in keiner Sekunde mit dem ansonsten in letzter Zeit gerne gereichten Deutschmuff zu tun hatte.

Das Tarif-Steak

Kuttner kickert und pfeift

21.2.2006

Dein aktueller Ohrwurm?
Neulich hat mir ein mir nahestehender Herr »I want to hold your hand« von den Beatles in der deutschen Version auf eine CD gebrannt, das sing ich dauernd. Die singen da doch tatsächlich »ich möchte mit dir gehen«. Und immer (ungelogen) wenn ich das beim Redaktionskicker gegen örtliche Kabelhilfen vor mich hin singe, gewinnt mein Team. Oder verliert nur sehr knapp. Oder verliert haushoch, bekommt aber den Oscar für den besten Soundtrack während eines Kickerspiels.

Interessierst du dich eigentlich für Karikaturen?
Nein. Aber ich befürchte, ich weiß, worauf das hier hinausläuft.

Und wenn es Mohammed-Karikaturen sind?
Siehste, da wären wir schon. Uff, jetzt nur nichts Falsches sagen, sonst qualmen morgen am Ende noch die Kuttner-Botschaften im Mittleren Osten.

Kanarienvogel oder Wellensittich?
Ich dachte, das wäre dasselbe. Oder IST es dasselbe, und die Frage ist nur, wie ICH es nenne? So wie bei Orangen

und Apfelsinen? Sind Orangen und Apfelsinen überhaupt dasselbe? Ich werde recherchieren …

Hältst du Streiks für ein angemessenes Werkzeug im Tarifstreit?

Haha, habe beim Überfliegen der Frage versehentlich »Steaks« statt »Streiks« gelesen und hysterisch vor mich hin gekichert. Aber ja, Streiks sind ein angemessenes Werkzeug im Tarifstreik. Steaks aber auch.

Interessierst du dich für die Olympischen Winterspiele?

Immer diese Wintersport-Fragen! Nein, ich interessiere mich nicht für die Olympischen Winterspiele. Da friert man ja schon beim Zugucken mit den feuchten Pupillen am Fernseher fest – vorausgesetzt, man ist vorher nicht an Langeweile auf der Couch eingeschrumpelt. Falls ich jetzt die Gefühle leidenschaftlicher Wintersport-Addicts und hysterischer Curling-Süchtiger verletzt haben sollte: Für die Olympischen Sommer-, Herbst- und Frühlingsspiele interessiere ich mich genauso wenig.

Charlize Theron hat sich die Haare gefärbt und ist als Aeon Flux im Kino zu sehen. Ist das besser als »Felix 2 – Der Hase und die verflixte Zeitmaschine«, der auch diese Woche startet?

Was??? Verstehe die Frage nicht. Entweder liegt es daran, um mit Art Brut zu sprechen, dass »popular culture no longer applies to me«. Oder die komplette Redaktion der Jetzt-Seite hat wieder an der leckeren Rauschgift-Schublade gerochen.

Machst du beim Valentinstag mit?

Weiß nicht. Muss man dafür notgedrungen liiert sein? Generell bin ich aber pro Love-Celebration. Ich bin dringend dafür, dass sich alle Paare an diesem Tag mit Blumen und Konfekt bewerfen. Selbst wenn jetzt irgendwelche Schlaumeier wieder einwenden, dass der Valentinstag von Hitler und der Blumenverschickindustrie gemeinsam erfunden wurde. MTV, die alten Dagegenseier machen ja einen »Anti-Valentinstag-Tag«. Edgy, was? Wir haben daher beschlossen, dass »Kuttner.«, die Show gegen Dagegenseier, den Valentinstag volles Rohr mitnehmen wird in Form einer Anti-Antivalentinstags-Sendung. Das Latinum of Love wird danach neu gelehrt werden müssen.

Paris Hilton wird in dieser Woche als »Woman of the year 2005« ausgezeichnet. Was ist da los?

Keine Ahnung. Ist mir auch egal, halte aber ein Steak für ein angemessenes Werkzeug dagegen.

Der bärtige Gute

Kino und Koalitionen

27.2.2006

100 Tage große Koalition: große Freude oder großer Ärger?
Weder noch. Irgendwie kann ich mich des komischen
Gefühls nicht erwehren, dass es ganz gut zu laufen scheint.
Der Mythos behauptet ja, Großkoalitionen brächten nix,
und bis sich alle überhaupt erst mal auf eine Sitzordnung
und hinnehmbare Zeiten für Raucherpausen geeinigt
haben, ist die Regierungszeit auch schon wieder um. Dieser
Mythos konnte ja bisher nicht so wirklich bestätigt werden.
Demnächst fährt die große Koalition ja geschlossen zum
Gemeinschaftskegeln in eine Jugendherberge im Hunsrück.
Mal abwarten, ob da dann aufgestauter Ärger hochkocht.

**Wir müssen darüber sprechen: Fasching, Karneval,
Fröhlich sein. Muss das sein?**
Fröhlich sein: ja. Das muss wohl sein. Mehr jedenfalls
als die taz. Zu Fasching/Karneval: Lange Jahre war es ja
gerade unter abgrenzungsgeilen jungen Menschen sehr
beliebt, Karneval als tumbes Hottentottentum zu geißeln
und während dieser Zeit gezielt rumzumuffen. Auch bei
mir war das nicht anders. Mittlerweile denke ich, dass
gemeinsames alkoholbefeuertes Extrem-Feiern eigentlich
eine ganz schöne Form von Gemeinsamkeitsherstellung
ist. Allerdings: Ich bin nicht dafür gemacht. Trotzdem freue

ich mich auf Mails von Kölner Freunden, die mir bestimmt auch dieses Jahr wieder Sachen schreiben wie »Super, hab gerade jemanden gesehen, der als große Koalition im Hunsrück verkleidet war« o. ä.

Dein Lieblings-Fernsehkarneval-Kalauer?
Nein, da hört es nun wirklich auf. Fernseh- bzw. Sitzungs-karneval ist eine gruselige Form von humoristischem Spießertum, für deren Abschaffung ich gerne Unter-schriftenlisten unterschreibe. Selbst der Trash-Wert solcher Veranstaltungen erscheint mir fragwürdig.

Außerdem unvermeidbar: was denkst du über die Vogelgrippe?
Da haben wir's mal wieder: Nach Jahren des brutalen, vogelverachtenden Raubbaus rächt sich die Natur auf bru-talste Art und Weise. Wir müssen uns wirklich nicht über die Vogelgrippe wundern, wenn wir gleichzeitig jeden Tag in den Konsumtempeln doppelt frittierte Seeadlerschenkel in uns … ach ne, passt nicht, die Meinung. – Ich denke relativ wenig zur Vogelgrippe, verkneife mir aber seit einer Woche, meinem drittliebsten Hobby, dem Hühnerstreicheln zu frönen.

George Clooney gibt sich im Kino plötzlich politisch. Gefällt dir das?
Solange er mich dabei nicht langweilt, soll's mir recht sein. Aber man hört ja tatsächlich Gutes über besagten Film. Außerdem gibt er sich darin ja nicht nur politisch, sondern auch bärtig und dick, was, wie ich finde, sehr hübsch an-zusehen ist.

Sollten wir uns alle mehr für das Gute engagieren?
Da muss man differenzieren. Ich glaube, es gibt sowohl
Menschen, die sich mehr, aber auch viele, die sich weniger
für das Gute engagieren sollten. Das Problem ist ja, dass es
gegenläufige Definitionen des »Guten« gibt, sodass man da
leicht mal aufeinander krachen kann. Ohne den einfachen
Haudrauf-Bösewicht George W. Bush jetzt schon wieder
aus der Kiste holen zu wollen – aber: der denkt ja auch,
dass er sich für »das Gute« engagiert. Selbstmordattentäter
auch.

Sexfilmchen von urbanen Pennern

Sarah weiß, wie die beste Kontaktanzeige der Welt aussieht

7.3.2006

Die amerikanische Außenministerin macht in einer TV-Fitness-Show öffentlich Sport. Gute Idee?
Eine absolut phantastische Idee! Wäre ich Polit-Kabarettist, hätte ich mir den folgenden one-liner schreiben lassen: »Die amerikanische Außenministerin macht jetzt öffentlich Sport im TV. Ein erster Schritt zur Besserung, nachdem sie eingesehen hat, dass sie zum öffentlichen Politikmachen im TV kein Talent hat«. BRÜLLER!!! Zwei Comedy-Awards und alle Thomas Hermanns-Gedächtniswimpel wären mir sicher. Anschließen könnte sich ein bestürzend lustiger Einspieler, in dem sich alle Außenminister der Nato-Länder zum Aerobic-Ballett versammeln.

Reden in Berlin jetzt tatsächlich alle von den »Urbanen Pennern«, von arbeitslosen Menschen, die alle was mit Kunst und Medien machen?
Nein. Obwohl da natürlich einiges dran ist, hat sich dieser auf einem Zeitungsartikel fußende Begriff noch nicht im Thekenjargon durchgesetzt. Die urbanen Penner im näheren Umfeld meiner Wohnung reden, wie ich gestern Abend mal wieder feststellen musste, in erster Linie lautstark und hackedicht über »Hitler« und »geile Ärsche«, was, glaube ich, nicht in direktem Zusammenhang gemeint ist.

Ich habe mich jetzt mal in einer Single-Börse im Internet eingetragen. Ist das peinlich oder mittlerweile dann doch normal?

Das kommt ganz darauf an, was du geschrieben hast. Ich habe neulich in einem Anzeigenteil neben den üblichen Verdächtigen (»In mir wohnt immer noch ein kleiner Junge« oder »Im Himmel fehlt ein (B)Engel« die beste Kontaktanzeige meines Lebens gelesen: »Bin einsam: 0177 xxx xxx«. Konsequent, ehrlich und sympathisch. War sofort ein wenig verknallt. Habe mich dann aber doch nicht gemeldet. Ich habe gerade nämlich keine Zeit für Liebe, bin zu sehr mit (B)Engel-Suche ausgelastet.

Im Internet kursieren schon wieder Sexvideos von irgendwelchen Prominenten. Ist zu befürchten, dass in Kürze auch Sexfilmchen deutscher Promis im Netz auftauchen?

Dass sich diese Prominenten aber auch immer beim Fummeln filmen müssen. Machen normale Leute das auch? Ein Fall für die Neon vermutlich. Aber »befürchten« ist das richtige Wort. Wenn ich wüsste, wie das funktioniert, würde ich mir sofort alle Sexfilmchen von Pamela Anderson, Paris Hilton und den schwulen Cowboys aus diesem Film ansehen, da bin ich ganz ehrlich. Aber wir Deutschen haben ja nur so unsexy Prominente. Ich will nicht sehen, wie Horst Köhler sich im Lederstudio der gestrengen Zofe Frau Dr. Prügelpeitsch mal so richtig durchkneten lässt. Auch Westernhagen bei Bondagespielchen mit jungen Schnecken, die sich langsam aus ihren »Urban Penner«-Kostümchen schälen, mögen uns bitte erspart bleiben. Und ganz dringend zu hoffen ist, dass Heiner Lauterbach von den Sexfilmchen nix mitkriegt, der könnte sich sonst inspiriert fühlen.

**»Gothic Chic« soll der Trend im nächsten Mode-
winter werden. Machst du mit?**

Nein!!! Wie jetzt: »Gothic Chic«? Werden jetzt allen
Ernstes die schäbigen, selbstgebastelten Tüll-Klamotten
von Leuten wie der Nightwish-Sängerin allgemeiner
Modetrend? Sorry, stelle mir gerade meinen Kollegen Sven
Schuhmacher in Gothic-Rüschenklamotten, mit doof hoch-
toupierten Haaren und schwarzem Friedhofsmantel vor
und muss leider vor Lachen abbrechen …

**Der neue Bond-Darsteller Daniel Craig hat schon
während der Dreharbeiten zum nächsten 007-Film
mit Kritik zu kämpfen. Aber eigentlich ist der doch
ganz cool, oder?**

Nö. Der kann nicht Auto fahren, der kann nicht schwimmen, und er hat Heike Makatsch für Koks-Kate verlassen.
Ist schon okay, dass der aufs Maul kriegt. Außerdem: Gibt
es cineastisch gesehen irgendetwas Öderes als Bond-Filme?
Ich glaub, bevor ich mir einen Bond-Film ansehe, guck ich
lieber einen illegalen Sexfilm mit Westernhagen, in dem er
mit nackten urbanen Pennern über die Zukunft diskutiert.

**Ich bin auf einen Geburtstag eingeladen. Soll ich ein
gerahmtes Foto von mir verschenken?**

War kurz geneigt, empört zu sein. Aber eigentlich eine
phantastische Idee. Ich bin dafür. Machen!

»Schauen Sie, Herr Blair, ich stelle Ihnen das ein«

Kleingeldspeicher, Handynummer-Unterdrücker und ein Saunabesuch mit Jörg Kachelmann

21. 3. 2006

Schneechaos, Hochwasser – was ist mit unserem Wetter los?

Ich weiß nicht, ob man bei jedem bisschen Wetter direkt in meteorologische Panik verfallen muss. Man möge mich mit einem gemeinsamen Saunabesuch mit Jörg Kachelmann bestrafen, aber: Gibt es nicht jedes Jahr Hochwasser und Schneechaos? Sollte dem nicht so sein, schlage ich mich natürlich sofort auf die Seite der Wetterpaniker und sage: Hochwasser, Schneechaos, zauberwürfelgroßer Hagel und Vulkanausbrüche mitten in Berlin sind ja nun wirklich kein Wunder, wenn man die drastische Erwärmung des Golfstroms bedenkt.

Tony Blair hat gesagt, er könne seinen iPod nicht bedienen.

Dem Mann kann geholfen werden. iPod-Bedienung gehört nämlich derzeit zu meinen liebsten Seminar-Themen. Staatsmänner mit iPod-Problemen finde ich ja charmant, wie überhaupt ein technisch unbeholfener Mann tüchtig Charme versprühen kann (äh, ich meine hier technische Unbeholfenheit im streng technischen Sinne). Zumindest solange er es nicht übertreibt und an Tankstellenzapfsäulen nicht vor lauter Ungeschicklichkeit zu weinen anfängt. Wie gesagt: Herrn Blair kann geholfen werden. »Schauen

Sie, Herr Blair, das ist doch ganz schnell geregelt. Ich stelle Ihnen alles schön ein, und in der Zeit können Sie prima weiter George Bush in den Arsch kriechen.« Was Tony Blair wohl auf seinem iPod hat? Vermutlich Status Quo oder so. Ich werde ihm gleich auch noch beibringen, wie er mp3s mit Thomas Gottschalk tauschen kann.

Was denkst du über Menschen, die bei Anrufen auf dem Handy ihre Nummer unterdrücken?
Da kenn ich kein Pardon. Diese Menschen werden von mir mit dem einzig passenden Schimpfwort belegt: »Handynummerunterdrücker!« Andererseits: Viele Leute haben halt eine Persönlichkeitsstruktur, bei der es besser ist, wenn sie ihre Handynummern unterdrücken, sonst geht schlicht und ergreifend keiner mehr ran. Tony Blair hat bestimmt aus charmanter technischer Schusseligkeit auch aus Versehen immer seine Handynummer unterdrückt. George Bush nervt das schon seit Jahren: »If you call me once again with unterdrückter Handynumber, i'll put you straight to Abu Ghraib!«

In Leipzig beginnt diese Woche die Buchmesse. Interessiert dich das?
Bin kein Messenmann. Ich habe die Ehrlichkeit das zuzugeben. Jahrelang bin ich zu jeder zweiten Literatur- und Haushaltswarenmesse gezockelt, weil ich haltlosen Versprechungen auf den Leim gegangen war, denen zufolge es da tolle Büfetts, interessante Malefiz-Abende mit internationalen Literaturgrößen oder Gratis-Haushaltsneuerungen zum Mitnehmen gäbe. Aber ich wurde jedes Mal bitter enttäuscht. Diesmal stell ich da auch mal was aus: mein Buch. Mal sehen, wie das so wird.

Tust du dein Kleingeld in eine Geldbörse oder einfach so in die Hosentasche?

In dem Punkt bin ich enorm gut sortiert. Tatsächlich passiert es enorm selten, dass ich mit vor Kleingeld bimmelnden Hosen durch die Gegend laufe. Bei mir landet eigentlich fast alles geradewegs wieder in der Geldbörse. Ich glaube, mir fällt eher mein iPod durch Ungeschicklichkeit in einen Vulkankrater, als dass mir vor lauter Kleingeldschwere irgendwo mal die Hose runterrutscht.

Schülerpraktikum bis 67

Redaktionsbrennstäbe und ein
störrischer Bundestrainer

28.3.2006

Um seinen Job als Bundestrainer ist Jürgen Klinsmann echt nicht zu beneiden. Oder?
Es war ja zu erwarten, dass der Job kein großes Sofatestliegen wird. Aber man macht es ihm ja auch schwer. Ich finde dieses Störrische bei Klinsmann ja eigentlich ganz erfrischend, gibt es hierzulande viel zu selten. Warum soll der denn bitte nicht die deutsche Fußballnationalmannschaft von seinem amerikanischen Golfplatz aus per Faxgerät trainieren können? George Bush regiert ja auch Großbritannien von den USA aus.

Hast du jemals ein Praktikum gemacht, bevor du Fernsehmoderatorin wurdest?
Ja, auch ich kann auf eine ausgedehnte Praktikantenkarriere zurückblicken. Zuerst hab ich ein Schülerpraktikum beim Radio gemacht und danach zwei richtige – eins ebenfalls beim Radio und eins beim *Spiegel*. Ich finde ja, dass man im Praktikum gar nicht hart genug rangenommen werden kann. Wenn bei uns im Kuttner-Reaktor die Redaktionsbrennstäbe wieder in die Hochdruckkammer gefallen sind, ist klar: Der Praktikant muss in den Kessel steigen und als guter Teamplayer seine gesamte Erbmasse aufs Spiel setzen. Am schlimmsten sind ja Schülerpraktikanten: können nicht »hallo« sagen, rennen nur pubertierend durch

die Gegend, sind grundsätzlich zu zweit und kichern sofort los, wenn man sie anschreit. Luschige Schülerpraktikanten überweise ich sofort zu Dr. Klinsmann, wo sie aus zwei Meter Abstand mit Bällen beschossen werden.

Ich will meine Führungsqualitäten verbessern. Ist Stromberg ein gutes Vorbild? Leitest du deine Redaktion auch so?

Ich weiß nicht, ob Stromberg ein gutes Vorbild ist – zumindest scheint er mir realitätsnah. Diese lässigen, ständig ihr Team neu fordernden, sich aber auch selbst nicht schonenden Vorgesetzten, existieren in der Realität nicht. Na ja, zumindest nicht in der Realität einer Fernsehredaktion, was aber auch an den ganzen beknackten Schülerpraktikanten liegen könnte. Ich regiere mit süßer Strenge: Man kann von mir tüchtig einen vor den Latz kriegen, aber ab und zu bringe ich auch Süßigkeiten mit.

Was war der dämlichste Ferienjob, den du jemals gemacht hast?

Ich habe mal Leuten am Telefon Versicherungen aufgeschwatzt. So richtig gut war ich, glaub ich, nicht. Und ich habe mal zwei Wochen lang die deutsche Nationalmannschaft von Helgoland aus trainiert.

Franz Müntefering will, dass alle bis 67 arbeiten. Kannst du jetzt schon zusagen, dass du deine Sendung auch so lange machst?

Nein, keinesfalls. So gerne ich die Sendung moderiere – für immer kann es das auch nicht sein. Es gibt ja auch noch andere tolle Ferienjobs: Müntefering-Imitator beim Supermarktradio. Oder Supermarktradioimitator beim echten Radio. Oder für ganz übles Geld bei der nächsten Internationalen Funkausstellung in einem Radiokostüm Schnittchen rundtragen.

Ulk der Nation

Angelina Jolie als Peter Struck

4.4.2006

SPD-Fraktionschef Struck hat im Bundestag gesagt: »16 Bundesländer – brauchen wir die denn?« Hast du eine Antwort für ihn?

Guter Satz. Klingt ein bisschen, als würde Rudi Assauer plötzlich sagen:»Hm, 11 Spieler – brauchen wir die denn?« Ich bin ja für föderale Artenvielfalt – immer vorausgesetzt, es wird gut gegossen und gesund gedüngt. Aus einem ganz einfachen Grund: Da immer mehr Bundesbürger verarmen und sich keine Auslandsurlaube mehr leisten können, werden die kulturellen Nuancen unserer zahlreichen prächtigen Bundesländer immer wichtiger. In Zukunft werden wir darauf angewiesen sein, unseren Sommerurlaub z. B. in Hessen zu verbringen und dort die aztekischen Ausgrabungsstätten zu besichtigen. Oder in Schleswig-Holstein, das ja für seine malerischen Tropfsteinhöhlen bekannt ist.

Die Leser eines Männermagazins haben mal wieder gewählt. Findest du Scarlett Johansson auch so wahnsinnig sexy?

Finde die nicht unsympathisch. Ist bisher weder durch schlechte Filme noch durch dilettantisches Schauspielern aufgefallen. Was die Sexyness angeht: nun ja, von mir aus. Besser als die dauererotische Jolie, die vermutlich, selbst wenn sie ein pummeliges Höhlenmonster oder SPD-Fraktionschef Struck spielen müsste, nicht umhin könnte, wie ein ganzes Bettenlager zu gucken.

München ist bei Touristen beliebter als Berlin. Woran kann das liegen?
Ich vermute mal, da schwanken nicht so viele herrenlose, alkoholisierte Jugendliche über die Gehwege und brechen die Vorgärten voll.

Gerade sind alle so begeistert von »Türkisch für Anfänger«, der neuen Vorabendserie in der ARD. Du auch?
Ist mir lieber als die zwölfte Variante von »Dusselkuh verliebt in Berlin« o. ä. Wobei: Die Folge mit den japanischen Touristen, die aus Versehen statt nach München nach Berlin geflogen sind, super ist. »Türkisch für Anfänger« transportiert immerhin mal nicht diesen »Geil, wie asi reden die denn«-Humor, der zuletzt zum etwa achtundvierzigsten Mal anlässlich der unglücklichen Grup Tekkan-Lausbuben hochgeschwappt ist.

Soll ich mit der Mitfahrzentrale oder mit der Bahn von Hamburg nach Köln fahren?
Unbedingt mit der Bahn. Die Strecke Hamburg–Köln ist für die Bahn so eben noch ohne größere Pannen, Verzögerungen, Wagenabkoppelungen etc. zu bewältigen. Vor einer Mitfahrt mit einem oder mehreren Fremden hätte ich Angst. Mir fehlt einfach die Lockerheit, um mit einer Horde The Offspring-Fans bei 180 hm/h »Ich sehe was, was du nicht siehst« zu spielen.

Sind Pete Doherty und Kate Moss jetzt eigentlich wieder ein Paar?

Ich habe mich dazu entschlossen, soweit es möglich ist, nicht mehr an den öffentlichen Beziehungsausschreitungen der Nasenleistungssportler Doherty/Moss teilzunehmen. Die sollen auch beide bitte nicht mehr bei mir anrufen und sich übereinander ausheulen. Ich häng mich da nicht mehr rein, ich hab genug Ärger mit meinem vollgebrochenen Vorgarten.

Verrat uns doch bitte deine Meinung zu Grup Tekkan und ihrem Sonnenlicht-Song!

S. o. Mag mich an so was nicht berauschen. Mich nervt einfach, dass hier ein paar arglose Spacken mit ordentlich zynischem Marketing zum Ulk der Nation hochgepustet werden. Und wenn noch ein Pisa-Versager meint, mir seine Türken-Impersonation vorführen zu müssen, schieß ich ihn zur Strafe drei Wochen nach München. Ha!

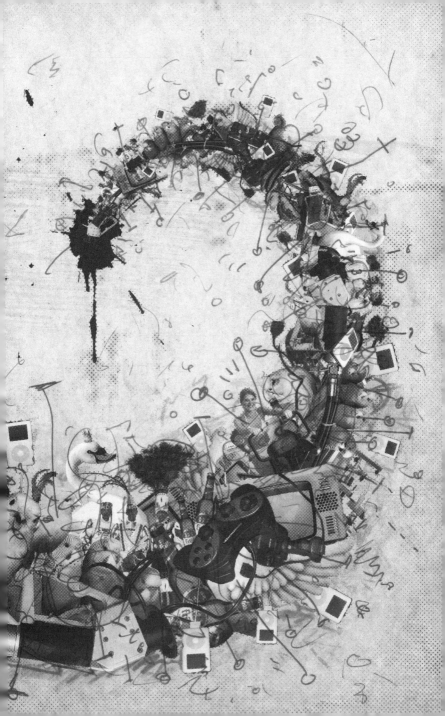

Mit Roger Willemsen ins Kabbala-Musical

Live und direkt aus der euphemistisch
als VIP-Tribüne bezeichneten Proll-Gondel

18. 4. 2006

Warst du schon mal in der Oper?
Oper ist eine tolle Sache. Nur hier ist es möglich, dass dicke
alte Männer edle junge Ritter und dergleichen spielen.
Auch toll an der Oper ist, dass da kostümtechnisch noch so
richtig auf die Tube gedrückt wird. Nicht wie im Theater, wo
seit den 70ern ja alle nur nackt auftreten oder in »modernen
Neubearbeitungen« mit der Kettensäge schreiend durchs
Publikum rennen. Bei der Oper gibt's noch teure, aufwen-
dige Königsmäntel, Helme mit Hörnern drauf und Rokoko-
Frisuren, an deren Pudergehalt man sich nasal bis ins über-
nächste Jahrtausend berauschen könnte. Hinter der Bühne
wiederum – aber das können natürlich nur eingefleischte
Opern-addicts wie ich wissen – werden illegal aus den USA
eingeführte Wunder-Hustenbonbons rumgereicht wie die
Crackpfeifen in der Kuttner-Redaktion. Aber um die Frage
zu beantworten: Nein, ich war noch nie in der Oper.

**Madonna kommt auf Tour. Sollte man das allein aus
historischen Gründen anschauen?**
Nö. Ich guck mir ja auch keine Ausgrabungsstätten an
oder gehe in Museen für prähistorischen Tanz o. ä. Ich mag
auch derlei Großkonzerte nicht. Entweder sitzt man da
»Oberrang, Reihe 715, Platz 48« und sieht nix – oder man
nutznießt eine euphemistisch als VIP-Tribüne bezeichnete

Proll-Gondel, wo lauter hysterische Medienmenschen
bemüht schwul auf »La Isla Bonita« tanzen. Auf besagten
VIP-Tribünen stehen auch gerne immer irgendwelche
Schlaumeier rum, die ständig ungefragt Sachen sagen wie:
»Achte mal drauf, die singt fast nix selber, macht alles der
Background-Chor.« Dann geh ich schon lieber in die Oper
oder ins Kaballa-Musical.

Die Simpsons gibt's im Herbst als Kinofilm. Gut so?
Die Simpsons sind ein rares Beispiel für eine so genannte
(schluck) »Kultserie«, an der es auch nach Jahren nichts
zu mäkeln gibt. Nicht, dass ich das dauern gucken würde.
Aber die Simpsons-Macher haben schon so einiges über
das Leben kapiert und haben über die Jahre nie wirklich
nachgelassen. Allerdings frage ich mich, ob der Film nicht
ein paar Jahre zu spät kommt.

**In diesen Tagen erscheint die neue Lara Croft als
Computerspiel. Interessiert dich das?**
Total. Nein. Computerspiele interessieren mich in etwa
so sehr wie Extremkiffen oder Früh-Zwanziger-Herren-
abende. Zwei Phänomene, die häufig im Zusammenhang
mit Computerspielen anzutreffen sind.

**Kennst du eigentlich irgendwen, der noch Bücher
liest?**
Ich frage mich in letzter Zeit: War es schon früher Sitte,
dass Schriftsteller popstarhaft auf Lesereise gehen oder ist
das öffentliche Vorlesen durch den Verfasser eines Buchs
erst modern geworden, seit keiner mehr liest? Sollte dem
so sein, fände ich das ein sehr interessantes Phänomen,
über das ich gerne mal z.B. mit Roger Willemsen diskutieren würde. Oder mit Madonna. Willemsen hat ja nie Zeit,
der spielt ja den ganzen Tag nur Ballerspiele.

In Vans gehen

Verständnis für Oasis-Politiker

29. 4. 2006

Was ist eigentlich mit Italien los?
Ich kann die Entrüstung über Berlusconis Nichtaner-
kennung seiner Abwahl nicht ganz nachvollziehen. So
viel anders hat es Gerhard Schröder auch nicht gemacht,
nachdem er von Angela Merkel aus dem Amt gegruselt
wurde. Schröder hat sich damals auch schnell 'ne Kanne
Alkohol hinter das Bindegewebe gegossen, ist abgewählt
auf die Bühne marschiert und hat sich als Sieger feiern
lassen. Man muss modernen Medienpolitikern einfach ein
bisschen Unfug durchgehen lassen, so ein bisschen Oasis-
Gepose gehört offenbar einfach dazu. Der Unterschied
zwischen Schröder und Berlusconi ist nur, dass Schröder
schneller nüchtern geworden ist.

**Hast du WM-Tickets bzw. einen Tipp, wie ich an
welche komme?**
Nein, und ich bitte Sie auch dringend, mich nicht damit zu
behelligen. Die WM und ihre gesamte mediale Peripherie
nervt massiv. Ich kann mittlerweile beim Bäcker kein Brot
mehr verkaufen, ohne dass mir irgendein WM-Fähnchen
ins Gesicht gesteckt wird. Außerdem laufen im TV ständig
verstörende Beiträge, in denen schnurrbärtige Sicherheits-
experten erklären, wie schlecht Deutschland auf die WM
vorbereitet ist. Zudem scheint es mir enorm leicht, Bomben
in Fußbälle zu implantieren.

**Die Engländer haben die beste Songzeile gewählt.
Gewonnen hat U2 mit »One«. Welches ist deine
Lieblingssong-Zeile eines deutschen Liedes?**
Fällt mir gerade keine ein. Jemand hat mir erzählt, dass
Blumfeld auf der neuen Platte den schönen Satz »Ich bin
der Apfelmann, Baby« singen, was derzeit wohl die Feuil-
letons mehr spaltet als ein Muslimen-Porno von Salman
Rushdie. Aber so richtig knackig ist das im gewünschten
Zusammenhang jetzt auch nicht. Funny van Dannen sang
mal: »In der Pause, als ich pissen ging/fragt sie: Ist das
Easy Listening?« Schon besser. Und ein sehr guter Freund
textete jüngst: »Ich wusste, sie muss eine Elfe sein/denn ich
sah unterm Tisch ihr Elfenbein.« Ha!

**Dr. Sommer hat in einer Umfrage herausgefunden,
dass Jugendliche sich Zeit lassen beim »ersten Mal«.**
Find ich toll. Auch ich habe mir viel Zeit gelassen. Ganze 6
Stunden hat's gedauert, und noch heute weise ich den meinen Bettrand säumenden Jung-Dandys erst nach frühestens
2 Minuten 40 die Tür.

**Autos mit Stufenheck sind angeblich völlig uncool.
Kombis und Vans hingegen sind sehr angesagt. Siehst
du das auch so?**
Moment! Vor einigen Monaten noch wollte mir eure
Redaktion weismachen, Vans seien Schuhe, in denen junge
Menschen ungebremst dem Indierock in die Arme liefen.
Ich wiederum sollte entscheiden, ob denn nun Vans oder
Chucks gangbarer seien. Und jetzt behauptet ihr plötzlich,
Vans seien Autos! Tz. Heute, wie auch damals, lautet meine
Antwort: Chucks! Und Stufenhecks werden hier in Berlin
schon lange nicht mehr geschnitten.

Benzin wird immer teuer. Sollen wir jetzt mehr Rad fahren?

Ja ja, ich weiß. Fahrradfahren wäre in jeder Hinsicht besser: es schont den privaten Geldbeutel, ist gesund und umweltfreundlich. Trotzdem: Wenn ich meinen täglichen Arbeitsweg mit dem Fahrrad zurücklegen müsste, wäre ich schon auf halber Strecke mit so viel Müll und Unrat beworfen worden, dass ich demoralisiert aufgäbe: »Guck mal, da fährt ja die doofe Kuttner auf ihrem Klapprad, der werfen wir direkt mal für ihre ekelhaften und menschenverachtenden Äußerungen zur WM 'ne Kanne Gülle gegen den Kopf!«

Ich will eine Sprache lernen: Spanisch oder Französisch? Was ist besser?

Also ich persönlich finde Spanisch wahnsinnig unsexy. Spanisch klingt wie italienisch mit irgendwas Verdorbenem im Mund. Man könnte auch sagen: Spanisch verhält sich in meinen Ohren klanglich zu italienisch wie holländisch zu deutsch. Toll. Diese Äußerung hat zur Folge, dass mein Fahrradweg künftig auch noch von zu Recht hasserfüllten Spaniern und Holländern gesäumt wird.

Islam + Fußball = Sommerhit

Die Geheimformel für sonnigen Charterfolg

8. 5. 2006

Früh ist besser: Was wird der Sommerhit 2006?
Ich rechne mit irgendetwas, das sich musikalisch massiv an
den Islam ranschmeißt. Das tut ja dieser Tage mal wieder
dringend Not. Kombiniert mit Fußball vielleicht. »Islam
+ Fußball = Sommerhit« – eine sichere Erfolgsformel, die
außerdem ordentlich Geldlappen vom Himmel herabfallen
lässt. Man muss es nur immer wieder mantraartig vor sich
hin sagen: »Islam + Fußball = Sommerhit« – irgendwann
glaubt man tatsächlich dran. Kleiner Medientipp: Am besten jetzt schon selbst produzieren, bevor die drei Jugendlichen aus dem Hochhaus nebenan auf die Idee kommen.

**Was muss man eigentlich über das Elterngeld
wissen?**
Als alleinerziehende Mutter von 34 Adoptiv-Kindern bin
ich hier natürlich absolut im Bilde: Viele Eltern schämen
sich, weil sie finanziell nicht mit den Einkünften ihrer Kinder mithalten können, die alle zu runtergeladener Schrott-
musik Trash-Singles für enthirnte 12jährige produzieren
und damit Millionen scheffeln. Daher will der Staat Eltern
künftig ein wenig unter die Arme greifen. Angebrachter
wären meiner Meinung nach jedoch eher Blockflötenkur-
se für über 50-Jährige oder Späterziehung auf eigens für
ältere Mitmenschen entwickelten X-Boxen.

Heide Simonis macht Karriere bei Let's dance. Sollte ich jetzt auch einen Tanzkurs belegen?

Ich muss an dieser Stelle mal sagen: Dieses öffentliche Rumgetanze im TV gehört mit zum Schlimmsten, womit man uns in letzter Zeit zu verblöden versucht hat. Egal, welche halbsympathischen Menschen an dem Rumgehotte teilweise beteiligt sein mögen. Positiv gilt festzuhalten, dass die Sendung kurzzeitig etlichen ehemaligen Thekendamen (= arbeitslosen Tänzerinnen) zu kurzen TV-Karrieren verholfen hat. Sollte Vulgär-Tanz jemals eine Anziehungskraft besessen haben, ist diese jedenfalls auf dem RTL-Parkett geopfert worden.

Haben wir schon über das Kind von Tom Cruise und Katie Holmes gesprochen?

Nein. Habe schon wieder vergessen, wie es heißt. Vermutlich Theke, Spargel, Hyroglyphos, Birnenkompott oder Rainer Calmund. Jedenfalls hatte es irgendeinen enorm eigensinnigen, aber auch enorm poetischen Namen, der auf deutsch soviel heißt wie »das Kind von den zwei Nerve-Scientologen«. Habe ich jetzt eine liebenswerte Sekte verunglimpft? Wenn ja, bin ich hiermit sofort der Meinung, dass der Sommerhit 2007 unbedingt von Scientologen komponiert werden sollte. Und Heide Simonis tanzt dazu.

Ein Satz zur neuen Blumfeld, bitte.

Wer den Sommerhit 2006 sucht, wird ihn hier nicht finden.

Immer dieser Sommer

Sarah erhöht ohne UN-Mandat
die Mehrwertsteuer

15. 5. 2006

**Alle diskutieren über die Mehrwertsteuer-Erhöhung.
Brauchen wir die tatsächlich?**
Ja ja, unbedingt, ganz dringend. Wenn Deutschland eins
braucht neben mehr Comedy-Shows und weiteren Tele-
novelas, dann ist es eine schöne Mehrwertsteuererhöhung.
Viele Preise sehen auch einfach hässlich aus: 5,99 für ein
Billig-Polohemd, das macht nichts her. 6,15 hingegen – das
hat Strahlkraft. Wir müssen uns konsolidieren, am besten
noch vor der WM.

**Die Busenwitwe und der peinliche Prinz. Was denkst
du übers Doofen-Fernsehen?**
Wer sind die zwei? Hab ich da schon wieder was verpasst.
Ist das die neue Szene-Bezeichnung für Katie Holmes und
Tom Cruise? Oder Brad Pitt und Dingsbums? Obwohl, die
beiden scheinen eine Fernsehsendung zu haben, die BILD
faselt ja irgendwas von »Doof-TV«. Um Gottes willen,
am Ende meinen die meine Wenigkeit und Sven Schuhmacher? Wie auch immer: Dass ausgerechnet die BILD
jetzt gossige TV-Paare zum Rücktritt auffordert, zeugt
mal wieder von der erfrischend charmanten Doppelmoral
dieses Mediums.

Schaust du dir die Sakrileg-Verfilmung mit Tom Hanks im Kino an?

Ich muss fünf Jahre nach dem Hype erst mal das Buch lesen, das mir die Damen vom Kuttner-Kulturressort gerade ans Herz gedrückt haben. Vermutlich hat sich der Film danach dann ohnehin erledigt. Audrey Tut-tut spielt auch mit, das ist schon mal ein weiterer Hinderungsgrund. Ich finde, Liebhaber bestimmter Bücher sollten in Hollywood einstweilige Verfügungen gegen fatal-doofe Fehlbesetzungen ihrer Lieblingsromanhelden erwirken dürfen. Ich glaub, ich warte lieber auf den Film, indem Tom Hanks zwei Stunden Werbung für Starbucks macht: »How Starbucks saved my life« oder so …

Ich suche eine Wohnung. Was ist besser Altbau oder Neubau?

Ich finde ja Altbauten schöner, aber das ist eine extrem unkonventionelle Meinung, die auf vielen internationalen Festivals für originelle Sichtweisen bereits mehrfach prämiert wurde.

Mit dem Sommer beginnt auch endlich die Festival-Saison. Schon Pläne? Auf welche Festivals gehst du?

Immer dieser Sommer mit seinen Festivals, was der immer will … Ich glaube, ich werde nach nichts so oft gefragt, wie nach meiner Meinung über Festivals. Mal abgesehen von all den Fragen danach, warum ich im Alleingang ohne UN-Mandat die Mehrwertsteuer erhöht habe. Ich glaube, ich gebe Rock am Ring nochmal 'ne Chance. Werde allerdings diesmal mit möglichst wenig Freizeit dort auflaufen, damit ich vor lauter Arbeit vergesse, wie langweilig es da ist.

Monster & Ärzte

Der Wahnsinn geht weiter

29.5.2006

**Was denkst du nach dem Grand-Prix-Monsterauf-
tritt über Finnland?**

Nichts anderes als zuvor. Dass in Finnland jede Menge
Metal-Typen in Mittelalterklamotten und mit Hui Buh-
Masken rumlaufen, war ja schließlich vorher bekannt.
Wusste doch jeder (außer Texas Lightning). Ich fürchte
allerdings einen Nachahmer-Effekt in Deutschland: Nicht
auszudenken, was hier los wäre, wenn demnächst bei uns
lauter Mittelalter-Hardrocker mit Ralph-Siegel-Masken
durch den Forst irren ...

**Grönemeyer, Goleo oder Sportfreunde. Welcher
WM-Song gefällt dir am besten?**

Bei aller Sympathie für die Sportfreunde Stiller, jedem
Respekt vor dem Lebenswerk Herbert Grönemeyers und
tiefer Achtung vor Franz Beckenbauers kompositorischen
Fähigkeiten: Ich mag keine Funktionsmusik. Was soll denn
bitte aus unserem Popstandort werden, wenn demnächst
nur noch Eiskunstlauf-Themensongs und Schach-Fanfaren
komponiert werden dürfen? Viele werden einwenden:
Warum sollte es so kommen? Ich wende zurück: Ja, seht
ihr es denn nicht???!!! Finnische Tätowierte mit Ralph-
Siegel-Masken gewinnen den Grand Prix und hierzulande
müssen alle für Kaiser Beckenbauer komponieren! Da

braut sich eine ordentliche Problemlandschaft zusammen …

Warst du eigentlich mal in einem Musical?
Nein. Und ich werde auch niemals in einem vorzufinden sein – noch nicht einmal, wenn Lordi, Grönebauer und Beckenmeyer gemeinsam was mit Elton John und den Typen von Queen durchziehen.

Die Ärzte versuchen sich jetzt auch Solo: Wer macht's besser, Bela B. oder Farin Urlaub?
Nein, ihr werdet mich niemals dazu kriegen, meine beiden Leib- und Magenärzte gegeneinander auszuspielen. Ich mag beide gern, auch wenn sowohl Bela als auch Farin es nicht mehr so oberlustig finden, wenn ich nachts bei ihnen anrufe und frage, ob meine Herzstiche vom Wachstum kommen könnten.

Seit kurzem läuft Napoleon Dynamite in den Kinos. Bist du auch der Meinung, dass das der beste Film aller Zeiten ist?
Nein. Ihr? Ich weiß nicht, diese Filme über schrullige Außenseiter dienen doch nur der schrulligen Außenseitervermehrung. Fontänenartig schießen die ja jetzt überall aus dem Boden. Früher gab es nur einen Freak pro Schulklasse – mittlerweile müssen ganze Schulen stillgelegt werden, weil die nur noch von Exzentrikern besucht werden. Andererseits: Manche Außenseiter haben's ja wirklich schwer. Man denke nur an den Schlagzeuger von Lordi. Als am nächsten Tag beim Zoll alle ihre Masken ausziehen mussten, war der Trommler der Gedemütigte, weil es bei ihm gar keine Maske ist!

Freust du dich schon auf die Tour de France?
Ja, wie verrückt. Ich muss teilweise festgeschnallt werden, so sehr spritzt mir das Freudenwasser aus den Poren. – Aber, Scherz beiseite: Nein. Auch wenn ich hier vielleicht einen ehrbaren Sport in Verruf bringe, aber Männer in unerotischer Kleidung auf Rädern taugen mir nicht als Augendelektat.

Renn- oder Hollandrad?
ICH RADELE NICHT!

Wie oft gehst du eigentlich zum Friseur?
Nie. Böse Zungen werden behaupten, dass man das sehen kann.

Pappe ziehen

Poster, Fußball und SMS

6. 6. 2006

Ein EU-Parlamentarier will Steuern auf SMS erheben. Was denkst du darüber?
Die Schweine! Die dürfen mir doch nicht meinen letzten Quell der Lebensfreude besteuern! Aber im Ernst, Spaß beiseite und so weiter: SMS macht allen von mir im Vorbeigehen wahrgenommenen Studien zufolge ja blöd und abhängig. Und alles, was blöd macht, sollte besteuert werden. Also auch Tanzshows, die BILD-Zeitung, der Grand Prix, Verkaufsfernsehen, Pete Doherty und HipHop. Immer schön tüchtig besteuern!

Hängen bei dir in der Wohnung Poster an der Wand?
Nur ein von liebevoller Hand auf Pappe gezogenes Moneybrother-Plakat. Aber es hängt nicht – es lehnt. Momentan dient es aber weniger der Wohnraumverschönerung als vielmehr dem Stützen leerer Wasserflaschen. Ästhetik und Funktionalität spielen in meinem Heim zusammen quasi Fußball (aktuelle WM-Einbindung!). Apropos »mit liebevoller Hand auf Pappe gezogen«. Ich finde unter Fußball-Hooligans sollte der Ausspruch »Ich zieh' dich gleich mit liebevoller Hand auf Pappe« rasch Verbreitung finden.

**Du bist mit deinem Freund im Restaurant. Zahlt er
oder zahlst du?**

Wir zahlen immer abwechselnd. Habe ich schon immer
so gehandhabt. Wenn ich clever drauf bin, wähle ich an
meinen Bezahlungstagen immer günstige Currywurstbuden
und 12-Gänge-Menüs im »Borchardts«, wenn er dran ist.
Ich habe auch nie Desserthunger, wenn ich dran bin, und
rate zu maßvollem Alkoholgenuss (wegen der Gesund-
heit!).

**Letzte Frage zum Thema WM: Welcher Spieler
gefällt dir optisch am besten?**

Ha, mit dieser Frage soll ich natürlich in aller Öffentlichkeit liebevoll auf Pappe gezogen werden, aber das durch-
schaue ich. Ich finde ja Jacques Villeneuve sexy, erinnert
mich ein bisschen an den jungen Christian Slater. Ist der
überhaupt Fußballer? Und wenn ja: bei welchem Verein?
Falls nicht: wusste ich, war nur ein Trick. Ach, ich LIEBE
Eishockey!!!

Die Fingernagel-Farbe für den Sommer?

Bei mir seit zwei Jahren pink. Viele Menschen hassen mich
dafür. Ich liebe mich dafür. Ich freue mich wirklich immer
sehr, wenn ich meine Fingernägel sehe.

Mein Freund, der Bär

Mit Christian Wulff im
ansehnlichen Verkehrsgewühl

12. 6. 2006

**Unvermeidlich, wir müssen drüber reden: Was
denkst du über den Problembären, der Bayern ver-
unsichert?**
Und ich dachte schon, ihr würdet mich gar nicht mehr nach
dem knuffigen Bär fragen. Ich glaube ja, das ist gar kein
echter Bär, sondern ein verkleideter öffentlichkeitsgeiler
Liebeskranker o. ä., der mit aller Gewalt Schlagzeilen
machen will. Die Menschen sind ja heute zu allem fähig,
wenn's darum geht, in die Medien zu kommen. Die einen
treten in Tanzshows auf und die anderen stülpen sich eben
Bärenkostüme über. Sollte ich jedoch irren und hier einem
echten Bären Unrecht tun, mögen mir bitte alle Bären-
interessensverbände verzeihen.

**Christian Wulff hat sich von seiner Frau getrennt.
Ist der sympathische Niedersachse dein Typ?**
Warum schreiben eigentlich alle voneinander ab, dass
Christian Wulff so irre sympathisch ist? Die BILD hat
damit angefangen: »Deutschlands sympathischster Politiker – SCHEIDUNG!« o. ä. Ich finde, er ist der karohem-
dentragendste aller deutschen Politiker. Wann immer ich
den Mann sehe, hat er ein Karohemd an, die Hände in den
Hosentaschen und guckt irrsinnig interessiert und welt-
offen. Der Mann ist ein Hype, er wird in Vergessenheit

68

geraten. So wie der Bär. Der Bär ist, glaube ich eher mein Typ. Ich schreibe auf der Stelle den melancholischen Neo-Sixties-Schlager »Mein Freund, der Bär«.

Sind Schweißbänder eine Modesünde oder super Sommerkleidung?

Hatten die nicht vor etwa fünf Jahren bereits ihr Revival? Ja, hatten sie. Ich finde sie egal. Menschen, die Schweißbänder nur als modisches Anhängsel betrachten, sollten jedoch bedenken, dass die Dinger sich über kurz oder lang – z. B. durch regelmäßiges Über-die-Stirn-wischen – tatsächlich vollsaugen. Das heißt, irgendwann fangen allzu 80er-orientierte Mode-Gecken an zu stinken. Und dann will ich nicht in der Gegend sein.

Alle reden über Handy-TV, würdest du gerne übers Mobiltelefon fernsehen?

Nein. Ich bin ein äußerst detailverliebter Mensch (man beachte hierzu auch mein Motto: »Details, Details, Details«). Wenn ich z. B. eine Fernsehserie schaue und eine Szene spielt in einem Wohnzimmer, kann es schon mal passieren, dass ich laut aufschreie: »O mein Gott, was für eine wunderschöne Stehlampe, die da mitte-rechts hinter dem Porzellanelefanten rumsteht!« – Ja, so etwas schreie ich abends beim fernsehen, fragen Sie mal meine Nachbarn. Und auf Handy-TVs würde mein Detailwahn wohl kaum befriedigt werden. – Was ist überhaupt mit untertitelten Arte-Dokumentationen (eine weitere Leidenschaft von mir)??? Kann man auf Handy-TVs Untertitel lesen? Ich sehe, ich werfe Fragen auf, die ich mir bis gestern selbst noch gar nicht zu stellen gehofft habe.

Wo schaust du die WM-Spiele?

Mit Christian Wulffs Ex-Frau, Tandem fahrend. Sie hat ein Handy-TV.

Ist Vespa-Fahren die Sportart für den Sommer?

Nur an Tagen, an denen man so enge Straßen nimmt, dass das Tandem nicht durchpasst. Generell schmeicheln Vespas aber dem Verkehrsauge. Will sagen: Ein Verkehrsgewühl wird durch einen hohen Vespa-Anteil ansehnlicher gemacht, weshalb ja auch die italienischen Verkehrsgewühle zu den wohl malerischsten in ganz Europa zählen.

Albern als Beruf

Warum Sarah nicht duscht

19. 6. 2006

Brauchen wir in Deutschland auch eine orange-farbene Warnweste verpflichtend in jedem Auto?
Ja, allein schon deshalb, weil das Technowesten-Revival vor der Tür steht und man hierzulande jederzeit unverhofft in eine spontane Love-Parade verwickelt werden kann.

Sechs Mal in zwei Stunden auf dem Klo: Hat Lindsey Lohan sich bei der Verleihung der »Council of Fashion Designers Of America (CFDA) Awards« daneben benommen?
Nein, sie hat sich realistisch benommen. Andere prominente Hollywood-Schönheiten lassen sich ja bekanntermaßen die Blase vergrößern. Nicht nur wegen der Preisverleihungen, sondern auch um in Lars von Trier-Filmen lange, ungeschnittene Einstellungen ohne Pause durchspielen zu können. Die Lohan (ich nenne sie so, um ihr hiermit die Diven-Weihe zu verleihen, ich darf so was verleihen) hat mit dieser schrecklichen, menschenverachtenden Unsitte aufgeräumt.

Was denkst du über die Gesundheitsreform?
Das wurde ich schon mehrfach gefragt. Ich denke nicht viel über die Gesundheitsreform nach. Gestern kurz, das muss ich zugeben. Auch heute Morgen zwölf Sekunden lang auf

dem Weg zur Arbeit. Ansonsten aber kaum. Schlimm finde ich, dass Blasenvergrößerungen und Ohr-Aufpumpungen demnächst nicht mehr von der Krankenkasse übernommen werden.

John Cleese möchte Komik-Professor werden.
Könntest du bei ihm was lernen?
Bei John Cleese kann jeder Mensch etwas lernen, nicht nur solche, die das Hobby der Albernheit zum Beruf machen möchten. Ein Menschenschlag, zu dem ich mich übrigens ausdrücklich nicht zähle. Die Liste der professionell Humorschaffenden, die von John Cleese noch so einiges lernen könnten, möge man bitte auf meiner Homepage herunterladen.

Nachts duschen ist erlaubt, sagt das Oberlandes-
gericht Düsseldorf. Selbst wenn die Nachbarn sich
gestört fühlen. Duschst du häufiger nachts?
Endlich mal eine absolute Aussage meinerseits (das wollt ihr doch, ihr neugierigen Vorwitznasen!!!): Ich dusche nie. Nie, nie, nie. Bin Baderin. Finde Duschen unbefriedigend. Ähnlich wie ich Straßenbahnfahren unbefriedigend finde und Autofahrten vorziehe.

Braucht München einen Transrapid?
Nein. Noch 'ne absolute Aussage. Nicht, dass ich hier kompetent wäre. Aber zwei absolute Aussagen in einer Kolumne – das ist schon ein Kracher!

Otti küßt Nokia

Frivole Ferien im Flugzeug

3. 7. 2006

Siemens und Nokia machen gemeinsame Sachen. Interessiert dich das?

Was machen die denn für gemeinsame Sachen? Fussi gucken? Würste grillen? Rheinrundfahrten? Was auch immer da getan wird, man könnte als Dritter nur stören. Viele meiner Freunde sind aber auch beruhigt, dass Siemens jetzt endlich 'ne Freundin hat. Und dann auch noch die geheimnisvolle Nokia, von der ja alle dachten, dass sie zwar schön sei, aber den ganzen Tag nur über französische Filme nachdenken würde. Ich hoffe, die beiden werden alt miteinander.

Was ist mit Ottfried Fischer los?

Sagenhaft! Hab ich auch gesehen. Otti Fischer fällt im Liebestaumel über eine Leitplanke. Dann werden Fotos veröffentlicht, auf denen er teilweise einarmig, auf jeden Fall aber hochgradig verwirrt aussieht. Bizarr an der Sache finde ich aber vor allem dieses: Wenn man so einen Quatsch macht wie Ottfried Fischer dieser Tage, dann ist einem das natürlich sagenhaft peinlich. Und irgendwann erzählt man es dann jemandem. Einem Freund vielleicht oder der Mutter oder einem anderen Verwandten. Aber doch nicht tagelang einer Zeitung! Mich erstaunt einfach, dass man nach so einem Unfug direkt damit an die Öffentlichkeit geht. Was er wohl als nächstes macht? Wahrscheinlich mit Nokia fusionieren.

Jetzt gehen langsam die Ferien los. Fährst du lieber mit dem Auto oder mit der Bahn in den Urlaub?
Ich fliege! Wohin kann man denn bitte schön mit der Bahn fahren und es gleichzeitig noch Urlaub nennen? Moment, mit dieser Aussage habe ich mir vermutlich gerade sämtliche Chancen, mal im db-Magazin eine Titelstory zu bekommen, vermasselt. Und bei Nokia-Firmenfesten lässt man mich jetzt sicher auch keine Polonaisen mehr moderieren. Es kann so schnell gehen …

Forscher haben rausgefunden, dass Robin Hood nicht, wie bislang angenommen, aus den Wäldern um Nottingham stammt, sondern aus einem benachbarten Dorf namens Bolsterstone.
Ich sag das ja schon seit Jahren, dass der aus Bolsterstone kommt, aber wer hört schon auf eine zwergenwüchsige TV-Moderatorin? Der Osterhase stammt übrigens auch gar nicht vom Tegernsee, das ist ein ebenso alter, aber auch ebenso unsinniger Mythos. Ich hoffe, bei künftigen Disney-Verfilmungen werden die neuen historischen Fakten berücksichtigt. Bolsterstone, dem kleinen sympathischen Räuberstädtchen, wünsche ich für die nächsten 10000 Jahre eine gut florierende Tourismus-Industrie. Ich hoffe, man ist dort darauf vorbereitet, dass plötzlich Robin Hood daherkommt.

Kleidung ohne Chemiezusätze soll der nächste große Trend sein. Stimmt's?
Hier in Berlin ist das schon deutlich zu sehen. Matte Farben werden durch die Gegend getragen, alles sieht enorm stumpf aus, es ist niederschmetternd. Ich selbst trage

ja schon extrem lange Kleidung ohne Chemie-Zusätze. Ich freue mich aber, dass ich in Zukunft auch nicht mehr Gefahr laufe, Passanten zu streifen und danach komischen Ausschlag von deren Chemie-Klamotten an der Backe zu haben.

Alle werden treu

Bush und Zidane sind brav

17.7.2006

George W. Bush war zu Besuch. Hast du dich gefreut?
Ja, war toll. Wobei: Wir sind nicht wirklich zu viel gekommen. Es ist einfach blöd, wenn man so weit auseinander lebt und die paar kurzen Treffen, die man hat, so voll geladen werden müssen: George und ich zu meinen Eltern, George und ich zum Italiener, George und ich zur Restmauerbesichtigung – und zwischendurch will er immer wieder erklärt kriegen, was »Antiamerikanismus« heißt. Beim nächsten Mal machen wir mal weniger Programm und quatschen einfach nur.

Deutschland trauert: Jürgen Klinsmann will nicht mehr Bundestrainer sein. Bist du auch traurig?
Nö. Hat er gut gemacht. Klinsmann ist ja jetzt lang genug zur neuen Heilsfigur und zum Selbstwertgefühlsretter hochgeklatscht worden. Ich finde es sehr stilvoll von ihm, dass er jetzt geht und nicht für weitere Fahnenwedeleien zur Verfügung steht.

Was denkst du über Zinedine Zidane?
Noch einer, der's richtig gemacht hat. Ich weiß, es gehört sich nicht, Leute mit der Birne umzubolzen (bzw. es gehört sich nur selten). Aber Zidane hat sich – wenngleich unbe-

wusst und Jähzorn-infiltriert – in seinem letzten Spiel quasi
für seine Familie und gegen die langweilige Legende ent-
schieden. Ich glaube, er wäre ein weniger toller Typ, wenn
er, nur um den Mythos mitzunehmen, die Provokationen
geschluckt hätte.

**Es gibt angeblich eine neue Generation von Alco-
pops. Statt mit Schnaps wird dabei mit Wein oder
Bier gemixt. Schmeckt dir das?**
Nein, ich halte Alcogepoppe für absoluten Quatsch. Ich
glaube sogar, dass Alcopops an mehr Sachen schuld sind,
als wir wahrhaben wollen. Die Rütli-Schule sei hier nur als
offensichtlichstes Beispiel genannt. Auch der süße Pro-
blem-Bär ist bestimmt im Alcopops-Taumel abgeknallt
worden. Und Materazzi, der Strafraum-Aggressor, hatte
bestimmt auch tüchtig getankt.

**Judith Holofernes ist schwanger. Franziska van
Almsick kriegt auch ein Kind. Und du?**
Entschuldigung! Ich schlage mich seit etlichen Jahren mit
vier Bälgern rum, deren Mäuler allwöchentlich gestopft
werden wollen. Im Unterschied zu manch anderer habe ich
um meine Kinder nur nie besonders großes Aufhebens
gemacht. Was glauben Sie eigentlich, wo die Augenringe
herkommen, die mir jeden Morgen in der Gute-Laune-
Suppe schwimmen? Bestimmt nicht von den ganzen
Alcopops.

**Es gibt mal wieder eine Sex-Umfrage. Ergebnis:
One-Night-Stands sind out, Treue ist in. Bei dir
auch?**
Ich bemerke sehr wohl in euren Fragen die deutliche
Tendenz, Intimes rauskriegen zu wollen. Demnächst: Frau
Kuttner, Hand auf die Hose – Intimrasur: ja, nein, weiß

77

nicht, geht so. Aber ich will nicht murren. Ja, Treue ist toll. Sie löst alle Probleme. Auch die von Bush, Klinsi und Zidane – drei großen Protagonisten der »neuen Treue« (BUNTE, PRALINE). Alle werden treu!

Augenklappen bei H&M

Warum Roberto Blanco cooler ist
als Orlando Bloom

24.7.2006

Wer ist cooler, Johnny Depp oder Orlando Bloom?
Definitiv Johnny Depp. Orlando Bloom ist ein junger
Emporkömmling, der glaubt, mit ein bisschen Bartflaum
im Gesicht gäbe man schon einen halbwegs brauchbaren
Piraten ab. Das Problem bei Orlando Bloom ist: Wie sehr
man ihn auch für jeden Film verkleiden und mit Seetang
bewerfen mag – man sieht ihn ständig vor sich, wie er auf
der Premierenparty zu dem Film aussieht. Der war ja sogar
als verliebter Langweiler in »Elizabethtown« überfordert.

Sind Augenklappen sexy?
Ein unbedingtes Ja! Allerdings habe ich Angst, dass Augenklappen demnächst für lauter bedauernswerte H & M-
Gecken das werden, was in den vergangenen Jahren das
schräge Justin Timberlake-Hütchen war. Ich finde, H & M
sollte schon jetzt auf der Schulter anschraubbare Papageien
anbieten, aber exklusive Spitzenideen sind ja nicht grad
deren Tasse Rum.

**Warst du an Fasching mal selber als Pirat
verkleidet?**
Entschuldigung! Man möge sich meine Wenigkeit bitte
kurz in Piratenklamotten vorstellen. So, das sollte reichen.
Es kann übrigens auch nicht schaden, sich Edmund Stoiber

und Reinhold Beckmann in Piratenklamotten vorzustellen. Oder Roberto Blanco in seinen normalen Klamotten – auch immer 'n Brüller!

Was hältst du davon, dass sich Internetpiraten jetzt zu so genannten Piratenparteien zusammenschließen?

Sollen die mal machen. Die sollen sich alle zusammenschließen. Von mir aus kann sich sowieso jeder mit jedem zusammenschließen und auf windbetriebenen Giraffen-Imitationen durch die Fußgängerzone reiten. Mir ist das egal. Sollen doch alle lustig sein, wie sie wollen. Auch Stoiber, Beckmann und Blanco können sich zusammenschließen, wozu sie wollen. Nur mich sollen sie bitte da rauslassen.

Beef bei den Kuttner-Schwestern

Sogar Fidel Castro setzt jetzt mehr
auf jüngere Geschwister

7.8.2006

**Webkaraoke ist das neue heiße Ding im Internet.
Was hältst du von Menschen, die Lieder nachsingen
und das auf Videoplattformen verbreiten?**
Webkaraoke ist das ALTE heiße Ding im Internet! Seit
über zwei Jahren singe ich regelmäßig mit meiner Redaktion (jetzt arbeitslos. Nur falls jemand Interesse hat: Das
sind wirklich fähige und zudem gutaussehende Menschen)
auf der Seite http://www.club2.wohnzimmer.com/karaoke.
html Indie-Smashhits nach. Fetzt total. Allerdings würden
wir uns dabei nie filmen. Wir KÖNNTEN aber, denn wie
gesagt: Wir sehen alle super aus.

Badeanzug oder Bikini?
Werde ich senil oder ihr? Mir kommt es vor, als hätte ich
diese Frage schon mal beantwortet. Deshalb also nur ein
knappes: Bikini! Nur weil ich sonst vielleicht Gefahr laufe,
versehentlich den gleichen Witz über Badeanzüge wie beim
letzten Mal zu machen.

**Fidel Castro gibt seine Macht an seinen jüngeren
Bruder ab. Sollten wir nicht alle mehr auf unsere
jüngeren Geschwister setzen?**
Nun, ich hatte eine ganze lange Zeit lang ordentlich Beef
(urbaner Hip-Hop-Slang für: Streit, Stress) mit meiner

Schwester. Es gab Zeiten, da hätte ich sie nicht Kuba regieren lassen. Heute könnte sie diesen Job sicherlich mit Stolz und Herz ausfüllen. Ich könnte derweil meine Aktivitäten darauf beschränken, meinen grauen Bart bis über die Füße wachsen zu lassen und glasig in die Welt hinauszugucken. Eigentlich das, was ich gerade sowieso mache.

Welches Buch sollte man in den Ferien lesen?

Ich habe gerade »Puls« von Stephen King gelesen. An dieser Stelle kann das Literatur-Ressort der geschätzten SZ ruhig die Nase rümpfen und einen Schluck ungesüßten grünen Tee trinken, aber ich habe schon seit mindestens zehn Jahren eine, jetzt nicht mehr so heimliche, Leidenschaft für Stephen King. Ich finde, sogar er sollte Kuba regieren dürfen. Jedenfalls habe ich die gesamten 430 Seiten an 1,5 Tagen weggelesen. Im Urlaub. Und fragt nicht, wo genau ich war und wie das Meer war. Ich weiß es nicht, denn ich habe ja gelesen.

Mädchen haben doch immer Angst vor Gewittern. Du auch?

Nein, nein, nein!!!! Ich bin Gründungsmitglied des »Fanclub für Gewitter und andere krass laute Unwetter (FFGUAKLU GmbH)«. Gewitter ist toll, und ungelogen: Während ich diese Zeilen schreibe, tobt tatsächlich gerade eins. Finde Gewitter toll, weil's dann draußen so schön ungemütlich wird. Wobei zu sagen ist, dass sich die positive Ungemütlichkeit eines Gewitters nur drinnen entfaltet, ja, sogar in Gemütlichkeit kippt. Draußen sind Gewitter eher ungut, weil, nun ja, ungemütlich. Allerdings darf man bei Gewitter ja immer allerlei Kram AUF KEINEN FALL tun, wie z. B. fernsehen oder baden oder telefonieren, was so einen Gewitternachmittag zu Hause eher langweilig macht. Jedenfalls durfte man das in meiner Jugend nicht, ich bin Gewitter-technisch nicht mehr auf dem neuesten Stand.

Freust du dich schon auf den Start der Fußball-Bundesliga?
Ja, wie bekloppt. Wache häufig mitten in der Nacht auf und stelle fest, dass ich ins Bett gemacht habe. Weil ich mich so freue.

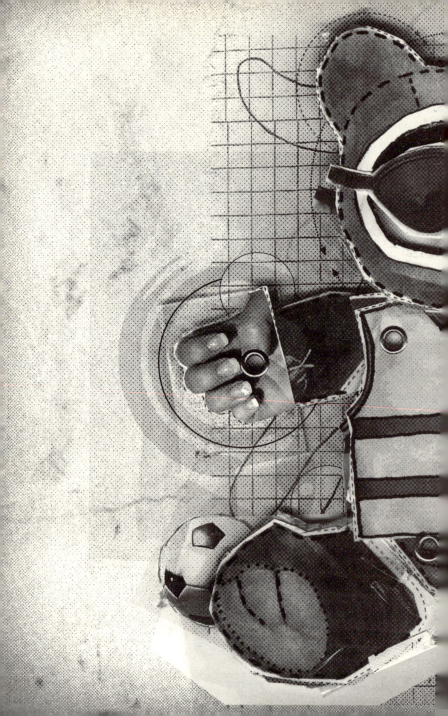

Cola-Gespräche mit dem Papst

Warum Matratzen hart wie ein
Schicksal sein müssen

21. 8. 2006

**Haben wir schon über das neue Brause-Getränk von
Coca-Cola gesprochen? Wenn nein: Was denkst du
drüber?**
Brause-Innovationen sind nicht meine Tasse Wurst, von daher habe ich auch nichts von neuen Entwicklungen auf dem
Plörre-Markt mitbekommen. Was mögen das für Menschen
sein, diese Brause-Innovatoren? Wahrscheinlich sitzen die
den ganzen Tag zu Hause und versetzen Standardgetränke
mit seltsamen Aromen. Partys bei Brause-Innovatoren
müssen die Hölle sein. Ständig bekommt man irgendwas
angedreht, was noch gar nicht die allgemeine Geschmacks-
kontrolle der mündigen Getränkekonsumenten passiert
hat. Dafür ist es aber »noch brandneu und nicht auf dem
Markt«. Nein, in der Welt der Brause-Innovatoren möchte
ich lieber nicht verkehren.

**Hast du schon mal bei einer Internet-Apotheke
Medikamente gekauft?**
Nein. Aus drei Gründen. 1.) Ich suche stets das gute Fach-
beratungsgespräch. Ich will mich einfach gerne stundenlang
an der Theke über das Für und Wider von Flatulenzbe-
kämpfungsprodukten unterhalten. 2.) Ich liebe den Blick
von Apothekern über ihre Apothekerbrillen hinweg. Und
3.) nehm ich mir immer die neue Apothekerzeitung mit,

weil ein Freund von mir da die Plattenbesprechungen über skandinavischen Indierock schreibt.

Der Papst kommt nach Deutschland. Freust du dich?
Ist's schon wieder so weit? Toll. Beim letzten Mal sind die deutschen Emotionen ja fast bis knapp unter die Klinsmann-Limbostange geschwappt. Damals ist einem persönlichen Meet & Greet zwischen Papst und meiner Wenigkeit ja irgendetwas in die Quere gekommen. Ich vermute mal: ein neues Brause-Getränk o. ä. Vielleicht verwechsel ich da aber auch was. Ich bin schließlich grad in den Verwechseljahren. Kleiner Scherz.

Wer gefällt dir besser: Jan Delay oder Kante?
Hörten Sie jemals von jenem unsachgemäßen Vergleich zwischen Äpfeln und Birnen, der unzähligen Obstverkäuferlehrlingen schon im ersten Lehrjahr das Genick brach? Im einen Fall wird gefunkt, bis die Blusen brennen. Im anderen gerockt bis zum Sturmtief. Also bei den Platten, mein ich jetzt, nicht bei Äpfeln und Birnen. Und auch sonst ist der Vergleich von unfugiger Art. Ich tendiere aber leicht zu Jan Delay, weil's den wirklich nur einmal gibt. Rockplatten kommen ja öfters raus.

Und international: Pharell Williams oder Justin Timberlake?
Timberlake. Wobei ich dies äußerst leidenschaftslos in die Tastatur tippe.

Ich muss mir eine neue Matratze kaufen. Was ist besser, Federkern oder Latex?
Gute Frage, ich muss passen. Ich weiß nur so viel: Eine Matratze muss hart sein wie ein Schicksal. Nichts kann einem sensiblen Rücken (und wer möchte den nicht für sich

beanspruchen) mehr malträtieren als eine wabbelige Toast-Matratze, wie sie in lauschigen Pensionen des Alpenraums häufig angeboten wird. Merke: Toast-Matratzen sorgen für spätere Kuraufenthalte und Apothekenzeitungslektüre im Rollstuhl.

»Sara« – nackig im Pool mit Bob Dylan

Über Günter Grass mit seinem
neuen Album und David Copperfield
mit seinem alten Jungbrunnen

28. 8. 2006

**Günter Grass – muss man noch was zu seinem
SS-Geständnis sagen?**
Die Debatte ist sicher berechtigt. Ich glaube aber nicht,
dass ich hier allen Ernstes noch für neue entscheidende
Impulse sorgen könnte. War nie Grass-Fan. War mir alles
zu SPD-bräsig und linkskorrekt vermuffelt. Das werde ich
nicht alleine so empfunden haben. Aber Schadenfreude
gegenüber gestrauchelten Sozi-Göttern liegt mir jetzt auch
nicht.

Bob Dylan – es gibt ein neues Album. Anhören?
Weiß nicht, ob mir das jetzt unbedingt in die persönliche
Party-Box zur Autoreisenbeschallung kommt. Aber ent-
gegen manch anderem als Altrocker verhohnepipelten
greisen Musikanten ist Bob Dylan definitiv immer noch
Respekt entgegenzubringen. Der ist mit seinem Eigensinn
und seiner Textmacht ja letztlich näher an Helge Schneider
als an den Rolling Stones. Außerdem klettert er – anders
als z. B. Keith Richards – nicht auf für alte Leute viel zu
hohen Palmen rum, fällt runter und bimst sich die Hirse an.

Henry Maske – der Boxer kommt zurück. Gut so?
Wohin? Kann von mir aus überallhin zurückkommen,
Hauptsache, er lässt sein Comeback nicht in meinem

unmittelbaren Wahrnehmungsradius stattfinden. Ich finde
grundsätzliche Rückkehrrechte bestehen da schon. Von
mir aus sollen sich alte Menschen gegenseitig so lange die
Mütze platt klopfen, wie sie wollen. Bob Dylan und Keith
Richards lässt man ja auch ihren Kram machen. Sollen die
sich nur ruhig verhauen. Hauptsache, sie verkloppen keine
Schwächeren und/oder Günter Grass.

**David Copperfield – der Zauberer will einen Jung-
brunnen entdeckt haben. Was denkst du darüber?**
Habe ich nicht verfolgt. Klingt aber toll und könnte dem
Herrn aus Frage 3 in die Hände spielen. Dem Herrn aus
Frage 2 dürfte es relativ wurscht sein. Mal gucken, was der
Herr aus Frage 5 dazu denkt …

Superman ist wieder da – schon gesehen?
Ach ja, der. Nein, noch nicht gesehen. Lockt mich auch
nicht. Ich gehe weder in Filme, um Männer in ästhetisch
überholten Aufschneider-Outfits durch Straßenschluchten
fliegen und arme Leute retten zu sehen, noch um maleri-
sche Landschaftsaufnahmen ferner Kontinente zu be-
äugen (»Die Kasalla-Brüder gegen Henry Maske«, Teil 4).
Insofern: Nein, danke.

**Crockett und Tubbs auch – was hältst du vom
Miami-Vice-Film?**
Zunächst mal ist es erfreulich, dass der Film keinen weiteren Beitrag zum Achtziger-Jahre-Revival leistet. Allerdings nehme ich an dieser Stelle lautstark Anstoß an Colin
Farrells Schnurrbart. Überhaupt finde ich Colin Farrell
nicht sonderlich sympathisch. Ich könnte mir beispielsweise
nur schwer vorstellen, gemeinsam mit ihm eine Kinder-
tagesstätte einzuweihen oder zusammen mit dem Miami-
Schnäuzermann Hand in Hand durch David Copperfields

Jungbrunnen zu tauchen. Wenn ich mich also für einen der Herzblatt-mäßig angeteasten Herren der dieswöchigen Kolumne entscheiden müsste, so würde ich wohl einen Abend mit dem übellaunigen Bob Dylan verbringen. Was okay wäre, solange er nicht »Blowing in the wind« für mich spielen würde. Er könnte aber gerne »Sara« von seinem 1976er Album »Desire« spielen. Ich würde dazu nackig im Jungbrunnen plantschen und immer wieder »Hui!!!!« schreien.

Helm auf!

Sind Klettverschlüsse für Flaschen nicht
doch einfach nur blöder Konsens-Mist?

18. 9. 2006

**Wo warst du heute (also am 11. September) vor fünf
Jahren?**
Weiß ich nicht mehr. Ich weiß aber auch nicht mehr, wo ich
am Ausbruchstag diverser Kriege war.

Soll ich mir einen Fahrradhelm kaufen?
Ja. Ich fahre nicht Fahrrad und habe daher natürlich gut
reden. Aber wer Fahrrad fährt, sollte dies wohl lieber
behelmt tun. Denn: Fahrradfahren ist gefährlich. Allüberall
steht Kantiges rum, an dem man sich als argloser Rad-
fahrer schnell mal etwas abgeschrappt hat. Ich setze jetzt
einfach mal voraus, dass der Frage nach dem Kauf eines
Fahrradhelms der Besitz eines Rades und der dringende
Wille zur Radfahrerei zugrunde liegen. Ansonsten würde
ich die Investition als eher unnötig ansehen und eher zu
einer ausgedehnten Mahlzeit o. ä. raten.

**Täuscht der Eindruck oder können Mädchen einfach
nicht aus der Flasche trinken?**
Doch, können sie. Wo bitte ist denn der Eindruck entstanden, Mädchen seien nicht dazu in der Lage, aus einer
Flasche zu trinken? Vermutlich ist dieser grotesk verzerrte
Eindruck in irgendwelchen Etablissements entstanden,
in denen vor allem enorm trunksüchtige Schabracken in

enorm betrunkenem Zustand verkehren. Ich finde es fahrlässig, durch Fragen wie diese ein derart dämliches Bild der weiblichen Trinkerwelt zu zeichnen. Das wäre ja, als schriebe ich, nachdem ich an einem jungen Burschen, der ohne Helm aber mit umso mehr Fahrrad gegen eine hervorstehende Häuserkante gebrettert ist, vorbeispaziert bin, Jungen könnten nicht Fahrradfahren.

Sandra Maischberger ist schwanger. Mit 40 Jahren.
Gratulation. Äh … mehr fällt mir dazu nicht ein. Wo war sie am 11. September 2001?

In Österreich gibt es eine neue Tageszeitung. Sie heißt Österreich. Interessiert dich das?
Ach doch, Österreich ist ein prächtiges Land mit anbetungswürdigen Bergen und Tälern. Kann man als Land gegen eine Zeitung klagen, die einem den Namen geklaut hat? Andererseits: Ist ja schon clever, sich so zu nennen. Es sind ja gerade die naheliegendsten Namen, auf die immer erst sehr spät gekommen wird. Die Band The Music zum Beispiel gründete sich auch erst in den sog. 00er-Jahren dieses Jahrtausends.

Die Simpsons sind doch blöder Konsens-Mist. Oder kennst du jemanden, der die doof findet?
Bin selbst nicht der leidenschaftlichste Fan. Trotzdem ist das ein interessanter Ansatz: Ein Hobby daraus zu machen, sich gegen wirklich gute Konsens-Phänomene zu stellen und sich gegen Sachen in Rage zu reden, die es tatsächlich überhaupt nicht verdient haben. Also, los: Mist-Simpsons, gelbes dahergelaufenes postmodernes Comic-Geschmiere! Dreiundvierzigfach ironisch gebrochener, popreferenzieller Müll für Nachmittagskiffer und andere Problemjugendliche! Seinen Höhepunkt hinter sich habendes Krakel-Ve-

hikel für Gastauftritte mittelprominenter Rockbands!!! ...
Puh, ich kann nicht mehr. Ganz schön schwierig, das nicht
zu mögen.

Was ist besser: Klettverschluss oder Schnürsenkel an den Schuhen?

Na ja, Klettverschlüsse eigenen sich besser zum Dranrum-
spielen, wenn man nachts um vier an der Bushaltestelle
warten muss. Andererseits: Wer sich in der Situation
wiederfindet, nachts um vier an der Bushaltestelle wartend
an seinen Klettverschlüssen rumzuspielen, hat ein Problem.
Ob er oder sie nun einen Fahrradhelm dabei trägt oder
nicht.

Selber-Spam

Sarah sammelt Pilze mit
Heino und dem Papst

25. 9. 2006

Was ist cooler: London oder New York?
Es gibt Dinge, die sich tatsächlich in der Kategorie »Coolness« vergleichen lassen: Äpfel und Birnen, Dick und Doof,
Frankfurt/Oder oder Frankfurt/Nichtoder. Beim Vergleich
zwischen London und New York zählen andere Kategorien.
New York ist ein Weihnachtsding. Man weiß aus verschiede-
nen US-Filmen, dass es nichts Schickeres gibt, als mit
einem sehr langen, aufwändig verpackten Weihnachtsge-
schenk unterm Arm durch den, Achtung: Super-Synonym,
Big Apple zu latschen und dabei einen lappigen Schal
hinter sich herwehen zu haben. In London wiederum gibt
es bessere indische Restaurants, es lässt sich dort noch einigermaßen sorglos rauchen, und die Menschen reden mit
wunderbar geschwungener Zunge. Aber das sind nur meine
bescheidenen Kriterien. Und ich hab die Coolness ja nun
auch nicht grade erfunden.

Gibt's noch was zum Papst-Besuch zu sagen?
Nein. Vielleicht sollte man aber mal den Papst hinsichtlich seiner London-oder-New-York-Besserfind-Kriterien
befragen.

Angeblich ist Pilze-Sammeln ja das tolle Ding im Herbst. Für dich auch?

Zum Essen oder aus Gründen der Psychedelik? Ich muss sagen, dass ich beim Thema Pilze irgendwie leidenschaftsfrei bin. Niemals würde ich mit im Mund zusammengelaufenem Wasser vor einem Pilz stehen und denken: »Jetzt beiß ich dir gleich dein kleines Käppchen ab, du Lümmel.« Bitte verzeihen Sie, liebe Pilzfreunde, wenn ich Sie durch diese launige, ins lüstern-dümmliche spielende Darstellung beleidigt haben sollte, ich weiß sehr wohl, dass Pilzfans keinesfalls solche Sätze von sich geben. Solltet ihr nach Drogenpilzen fragen: Davon rate ich ab. Rauschmorcheln gehören nicht in Leserhand, sondern auf den Kompost zu den Frauenromanen.

Telefonspam ärgert immer mehr: Bist du auch schon mal von Werbe-Anrufen belästigt worden?

Nein.

Und: Was kann man dagegen tun?

Dagegen, dass man keine Spam-Anrufe bekommt? Vielleicht selber Leute anrufen und sie vollspamen. Vielleicht so: »Guten Tag, Kuttner mein Name. Ich weiß, Sie haben keine Zeit, aber darf ich Ihnen kurz eine lustige Kolumne von mir vorlesen? Es fallen darin u. a. die Wörter »Rauschmorchel«, »Essensanreicherung« und »Frankfurt/Oder«. Wenn Sie bei der Erwähnung dieser drei Wörter bitte ruckartig aus dem Fenster gucken würden, kann es sein, dass Ihnen morgen ein dreietagiger Aufenthalt auf einer Singlebörse Ihrer Wahl zugestellt wird.

**Heino plant ein Comeback – und zwar mit einer
»Liebeserklärung an Deutschland«. Muss das sein?**
Nein. Heino soll sich bitte ruhig verhalten und auf einen
Anruf von mir warten. Zur Überbrückung der Wartezeit
möge er sich bitte eine Rauschmorchel ins Gesicht drü-
cken.

Im Taxi singen

Warum lange Strickjacken die Autorin
nicht beim Publikum beliebt machen

2. 10. 2006

Was hilft nochmal gegen Herbstdepression?
Schwierig. Die Vorfreude auf die Winterdepression? Das
ungeduldige Warten auf die schlimmen Februarabende,
wenn wirklich alles zapfenduster ist? Ich habe zu dem
Thema ja mal eine TV-Sendung gemacht (die Älteren
werden sich vielleicht erinnern: Ich war mal Nachwuchs-
moderatorin im TV). Tenor dieser Sendung war: Eine
Herbstdepression vermeidet man nicht – man pflegt sie.
Man hängt sich richtig ordentlich rein. Dazu gehört: niederschmetternde Musik, schlechte Ernährung, ein langsames
Egalwerden der Kleidung und gezielte Kontaktabbrüche
zu Leuten, die sich Sorgen machen könnten. Ich glaube,
Gefühle sind nicht zum Vermeiden da. Aber sagen Sie bitte
Ildiko von Dingsbums und anderen Fachfrauenautorinnen
nicht, dass ich diesen Satz geschrieben habe.

**Wie unhöflich ist es, mit iPod-Kopfhörern im
Ohr in ein Taxi zu steigen und sie nicht für einen
eventuellen Plausch mit dem Taxifahrer zu
entfernen?**
Abgesehen davon, dass generell mit der Abschottung durch
iPods der Untergang sämtlicher mühevoll aufgebauter
Wertesysteme beginnt, darf man sich gegen labernde
Taxifahrer mit ALLEN Mitteln zur Wehr setzen. Besser als

iPod-Hören finde ich aber, einfach die ganze Taxifahrt laut und schlecht zu singen.

Was hast du zuletzt bei Google gesucht?
»Strickjacke, lang«, mehr möchte ich dazu nicht sagen.

Huch, die Lemonheads haben eine neue Platte!
Selber Huch! Wer waren nochmal die Lemonheads! Kann ich die Antwort auf die Google-Frage nochmal ändern? Ah, es gibt eine Titelstory über die in der neuen Spex, höre ich gerade. Doof irgendwie, dass ich just zu diesem Heft mein Abo gekündigt habe.

Wie macht sich die Autorin einer Lesung beim Publikum beliebt?
Auch wenn die Einfachheit meiner Antwort vielleicht alle Illusionen seifenblasengleich zum Platzen bringt: Geschenke, Geschenke, Geschenke. Ebenfalls gut kommt es an, wenn man die verhasste Nachbarstadt disst. Wussten Sie beispielsweise, dass Karlsruhe ein enormes Problem mit Stuttgart hat? Oder war es München? Mainz? Ansonsten kann ich aber auch bestens die ungestellte Frage beantworten, wie man sich unbeliebt macht: Zum Beispiel, indem man die Stadt verwechselt, keine Pause zum Pinkeln/Rauchen/Trinken macht, Widmungen absichtlich falsch schreibt, auf gemeinsamen Fotos genervt/hässlich/betrunken guckt oder die Gage für soeben Getanes ausplaudert.

Und geht die Autorin einer Lesung nach der Lesung noch aufs Oktoberfest, falls das gerade in der Lesestadt stattfindet?
Nein, aber die Autorin zieht dieses zumindest kurz in Erwägung, schafft es aber nicht, weil sie mit alternden Kollegen

des ebenfalls Kolumnen beziehenden Magazins Musikexpress Rockstar-esk in der Hotelbar versackt. Um dort,
weniger Rockstar-esk, berühmten bayerischen Käsematsch
zu essen, der leider nach Erbrochenem schmeckt.

Locht Kastanien!

Bratäpfel und Pictoplasma sind was
für die kalte Jahreszeit

10. 10. 2006

**Soll man, wenn man umzieht, immer noch die
Freunde zum Tragen einbestellen oder doch mal
professioneller werden?**
Das Schwierige bei Umzugsunternehmen ist, dass die
einem zwar alles abnehmen, man aber trotzdem die ganze
Zeit mit denen rumhängen muss. Soll heißen: Karl, Kurt,
Klaus und die anderen drei vor zwei Wochen aus dem Ge-
fängnis ausgebrochenen Typen tragen einem zwar sämtliche Möbel durch die Gegend, man kann aber währenddes-
sen nicht verreisen o. ä. Das heißt: Man muss entweder mit
verschränkten Armen danebenstehen und Befehle geben
(was äußerst unsympathisch wirkt) oder man trägt fröhlich
mit und bietet zwischendurch Kartoffelsalat an. In diesem
Fall allerdings hätte man auch ruhig seinen verweichlichten
Freundeskreis beanspruchen können. Im Übrigen glaube
ich, dass ein Mädchen erst dann zum Mann wird, wenn
sie es geschafft hat, mit den beschränkten Mitteln ihres
luschigen privaten Umfelds eine zünftige Umzugssause im
Treppenhaus zu organisieren.

**Wie geht man richtig mit Menschen um, die Lotto
spielen?**
Mann ey, 29 Millionen Euro sind aber auch ein Anreiz, den
zu ignorieren einer Arbeitslosen wie mir nicht leichtfällt.

Aber Menschen, die dauerhaft und immer Lotto spielen, gibt es in unserer Generation ja gar nicht, oder? Mit Lotto ist's wie mit Haschisch und Hip-Hop: viele Jugendliche glauben eine Zeit lang, das sei die Lösung. Ist es aber nicht. Ich gehöre allerdings auch nicht zu den Leuten, die vor erregten Lottospielern auf und ab hüpfen und irgendwas von Wahrscheinlichkeitsrechnung usw. faseln. Aber regelmäßiges Lottospielen mit allem was dazugehört – immer rechtzeitig den Schein abgeben, ein System des Tippens entwickeln und vorm Fernseher sitzend die Ergebnisse kontrollieren – ist einfach nicht meine Tasse Glücksspiel. Vermutlich habe ich eh schon diverse Millionen gewonnen, ohne es zu wissen, da ich zwar bei besonderen Jackpots spiele, aber immer vergesse zu kontrollieren, ob ich auch gewonnen habe.

Und was ist eigentlich Pictoplasma?
Pictoplasma ist die Schnittmenge aus dem Zeug, das für die Herstellung von Plasmabildschirmen benötigt wird, und dem Kram, den Ahmadinedschad einfach nicht zum Altkramcontainer bringen will.

Maroni oder Bratapfel?
Bratapfel. Obwohl Bratäpfel immer aussehen wie etwas, das eigentlich auf den Kompost gehört. Aber es gibt einfach keinen Grund, Kastanien zu essen. Kastanien wurden erfunden, um ihnen Löcher in den Bauch zu bohren und Streichhölzer nachzustopfen. Habt ihr Wessis denn nie Kastanientiere gebaut? Eine sublimierte Form von diesem irren Drogen-Spiel (siehe auch: Lieblings-Herbstspiel von Pete Doherty) ist es, Kastanien-Prominente zu bauen. Oder ansteckende Krankheiten.

Wie unbedingt braucht man jeden Winter eine neue Winterjacke?

Nur mittelunbedingt. Winterjacken halten länger als andere Kleidung. Das liegt daran, dass der Winter das modische Auge trübt und gütiger macht. Man erwartet an einem –47-Grad-Januarmorgen in Berlin nicht, dass die werten Freunde zum winterlichen Umzugskettenbilden in niegelnagelneuen modisch gewagten Wintergarderoben eingelaufen kommen. Wir halten fest: Mode ist was für die warme Jahreszeit bzw. für drinnen. Und Bratäpfel sind etwas für den Kompost.

YouBier.com

Warum Borat Bahn fährt und
Justin Timberlake später heiratet

16. 10. 2006

**Google hat YouTube gekauft. Für 1,6 Millarden
Dollar. Recht so?**
Das vermag ich nicht zu beurteilen. Das mir innewohnende
Kartellamt zuckt kurz reflexartig, weil ich hier eine allzu
dichte Interessensansammlung vermute, aber ich glaube,
ich bin hier nicht kompetent. YouTube finde ich aber gut,
da taucht all der blöde Schnipselkram wieder auf, von dem
Fernsehmenschen glauben, er sei »versendet« (um mal ein
zynisches TV-Macher-Wort zu benutzen). Das heißt: Wenn
man sich z. B. Sorgen macht, nie wieder den tollen Moment
sehen zu können, wo, sagen wir mal, Kai Pflaume in der
Sendung »Die besten Biere Deutschlands« gegen eine
Deko-Flasche Osnabrücker Unterbräu läuft, der kann sich
bei YouTube in Sicherheit wälzen.

**Wie viele unterschiedliche Biersorten sollte ein gut
sortierter Club vorrätig haben?**
Mit einer Mischung aus Stolz und Abscheu sei gesagt: Ich
denke nicht in Biersorten. Ja, ich bin geradezu empört
über die Frage. Das mögen sich bitte alle Coolness-Code-
Verhänger hinter ihre abstehenden Ohren schreiben. In
Biersorten zu denken bzw. gar Pflichtbiere zu verhängen, ist
mir zu stumpf. Junge Männer in ihren frühen Zwanzigern
mit Drei- bis Zwölftagebärten und Kappen auf dem Kopf

106

mögen ihre Zeit gerne darauf verwenden, über Pflichtbier nachzudenken, ich möchte mich dem hier lautstark verweigern.

Ist Pelzkragen an Winterjacken okay?

Pelz ist so oder so einer der übelsten Ausfälle der Klamottenindustrie. Immer und überall. Pelz gehört boykottiert. Punkt.

Worauf freust du dich mehr: auf den Film von Al Gore oder jenen mit Borat?

Pardon, ich komme soeben erst von meiner Empörung hinsichtlich der Bier-Frage runter. Sollte ich zu sehr rumgepoltert oder gar Bierfans beleidigt haben, möchte ich mich an dieser unpassenden Stelle mit einem achtfachen »Bier, Bier – gib es mir!« entschuldigen. Ach so, die Frage: Ich bin für Borat. Al Gore ist ein Schmierlappen, der sich zu Vize-Zeiten versucht hat, an Rockstars ranzuschmeißen. Ich bin für Borat, dessen Film die wahrhaftigere Antwort auf das Gesamtwerk von Michael Moore werden könnte.

Bahn fahren wird ab 1. Januar teurer. Hast du einen Alternativ-Vorschlag?

Ach, ich fahre gar nicht soooo gern Bahn. Mir wird da immer komisch, und rasch plagt mich Langeweile. Viele preisen ja den Umstand, dass man aus dem Bahnfenster viel Landschaft sehen könnte. Ich muss sagen: Das Umland deutscher Bahnstrecken vermochte mich bislang nicht sonderlich zu begeistern. Aber, die Aufgabe war ja nicht, möglichst stumpf zu motzen, sondern eine Alternative zu liefern. Damit muss übrigens mal Schluss sein. Immer diese Alternativ-Vorschläge! Aus Angst, immer einen Alternativ-Vorschlag parat haben zu müssen, traut sich ja bald niemand mehr, sich zu beschweren. Ich sage: Wider

107

die Zwangs-Konstruktivität! Erst mal motzen und dann weitersehen.

Bist du eigentlich für ein Rauchverbot in Kneipen?
Nein. Ich habe Verständnis für Menschen, die nicht angeraucht werden wollen, aber da sollte es doch andere Wege als ein Verbot geben. Andererseits: Mich stört's nicht, wenn nirgendwo mehr geraucht werden darf. Ich geh eh nie weg. Es gibt einfach zu wenig Biersorten.

Justin Timberlake fühlt sich noch zu jung zum Heiraten. Sollte man heiraten? Und wenn ja, wann?
Nun, da bin ich ganz Mädchen. Zwar sollte man gar nichts, aber so eine Heirat, bei der lauter stirnfaltendurchzogene Hugh-Grant-Typen zu spät kommen und die Ringe verbummeln, würde ich nicht von der Bettkante des Lebens schubsen.

Hippie-Buben-Tape

Blond für Eva, Winterschuhe
für die Unterschicht

24. 10. 2006

Welchen Song hast du dir zuletzt runtergeladen?
»All I Want« von Joni Mitchell. Lief während des drama-
tischen Endes der zweiten Staffel des TV-Gelesbels »The
L-Word«. Hatte ich auch schon mal auf einem Mixtape, das
ich von einem verliebten Hippie mit 18 bekam. Verliebte
Hippies sind in diesem Alter ja zu allem in der Lage, von
daher bin ich mit dem Mixtape ja noch ganz gut davon-
gekommen. Gut, dass ich nicht heute 18 bin und verliebte
Mixtapes bekomme, dann wäre da vermutlich Hochhaus-
Hip-Hop drauf.

**In meinem Freundeskreis gibt es einen Streit über
die Frage: Ist es für Jungs oder Mädchen leichter,
passende Winterschuhe zu finden?**
Generell ist es für Mädchen leichter, gute Kleidung zu
finden. Die Palette ist breiter, das gilt auch fürs Schuh-An-
gebot. Und selbst, wenn der Kleidermarkt gerade mal nur
übelstes Zeug über die Stangen der Klamottenläden wirft –
für Jungs ist es immer noch einen Tacken schwieriger, etwas
Schönes zu finden. Daher sollten wir jeden gut angezo-
genen Buben, der uns auf der Straße entgegenkommt,
beklatschen, lautstark loben und mit Blumen bewerfen. Er
mag rot werden, aber er wird es uns langfristig danken und
uns vielleicht ein Mixtape aufnehmen. Das wäre allerdings

blöd, weil wir uns dann einen Kassettenrekorder kaufen müssten.

Welche Schuhe trägst du, wenn es kalt wird?

Ich muss an dieser Stelle zugeben, dass ich zu eitel für warmes Schuhwerk wie Fellstiefel oder Ähnliches bin. Ich friere lieber an den Füßen, sehe dabei aber in schicken Sommer-Herbst-Stiefeln enorm gut gekleidet aus. Davon abgesehen laufe ich ja kaum noch. Mein klimatisiertes Auto gaukelt mir außerdem zwölf Monate Sommer vor. Man muss sich also nicht wundern, wenn man mich an Heiligabend mit Flip-Flops aus dem Auto steigen sieht. Ob ich an Heiligabend wohl einen Kassettenrekorder bekomme?

Was denkst du über die neue Unterschichten-Debatte?

Könnte der SPD tatsächlich wieder zu einer Berechtigung verhelfen. Komisch, dass die Diskussion erst jetzt losgeht. Man hätte ja durchaus aufgrund etlicher deutscher Prekariats-Stars wie Sido, Bushido etc. schon längst auf dieses schöne Thema kommen können. Ist ein schwieriges Thema: Wenn sich knapp zehn Prozent der hier lebenden Menschen als Verlierer wähnen, haben wir ein Problem. Noch eins.

Eva von Juli hat jetzt blonde Haare. Gute Idee?

Ich weiß, dass hier in dieser Kolumne das Unbedeutende häufig über das Wichtige triumphiert. Die Frage nach der akuten Färbung der Haare irgendwelcher Popbandsängerinnen möchte ich an dieser Stelle aber doch als unbedeutend abtun. Soll sie ihre Haare doch färben, wie sie will. Ihre Band sieht übrigens komplett aus, als würde sie in einem Laden arbeiten, wo es Carhartt-Jacken, irre individuell bedruckte T-Shirts, schluffige Hosen, rockige Ketten-Portemonnaies und Sprayer-Bedarf gibt – also äußerst langweilig gekleidet. Schade, weil die alle irre nett sind. Aber ein romantisches Mixtape werde ich von den Juli-Buben dieses Weihnachten wohl nicht bekommen. Da steh ich dann doof mit meinen Flip-Flops und bin am Ende doch wieder mal der Verlierer meiner eigenen Kolumne.

Wüste Schlittschuhe

Klopperei & Handgemenge –
Sarahs Autobiographie ist fertig!

30. 10. 2006

Sonnenbrillen im Winter sind sexy, oder?
Ach sexy, ich weiß nicht. In meiner Jugend war ja ein sich
zufällig, ganz aus Versehen entblößender Männerpo sexy.
Heute benutzt man das Wort ein wenig inflationär. Aber ja,
ich wäre die Letzte, die aus Originalitätssucht behaupten
würde, im Winter getragene Sonnenbrillen hätten nichts
Hübsches. Allerdings nur bei Sonnenschein. Sonst wirken
sie eher traurig – wie Schlittschuhe in der Wüste. Wer
Letzteres als Titel für einen Film haben will, überweise mir
bitte 2000 Euro.

**Was sagst du über die Biographie von Gerhard
Schröder?**
Gerhard hat mir zwar schon im Frühjahr einen Vorabdruck
zugesandt, ich bin aber vor lauter Hausputz bislang nicht
dazu gekommen. Seither grüßt er nicht mehr, wenn wir uns
in der Ukraine zum Pipelineputzen oder auf Sektempfän-
gen der Witwe Bolte treffen. Kindisch, ich hätte sein blödes
Buch ja schon irgendwann noch gelesen. Na ja. Insofern
kann ich nichts sagen, die penetrante Kooperation mit der
BILD-Zeitung allerdings nervt schon jetzt mehr als Schlittschuhe in der Wüste.

Hast du deine eigene schon in Planung?
Ja, ist schon fertig. Wird vorab bereits verfilmt mit Karl Dall in der Hauptrolle. Ich selbst habe einen kleinen Cameo-Auftritt als anstrengende Aushilfskolumnistin. Der Film ist ab 6 und in etwa so gut wie »The Fast & The Furious«, nur mit weniger Dialog. Eigentlich verfälscht er das Buch total, in dem ich bewusst auf reißerische Ausplaudereien verzichtet habe. Im Film hingegen folgt Klopperei auf Handgemenge. Karl Dall hat mich, um sich auf seine Rolle perfekt vorzubereiten, übrigens dreimal in der Anstalt besucht.

Der neue Film mit Daniel Brühl nervt ganz schön, oder?
Ja? Ich weiß nicht. Hab ihn noch nicht gesehen. Was genau nervt denn da? Daniel Brühl? Hm.

Wem hast du eigentlich zuletzt einen richtigen Brief geschrieben? Und worum ging's?
Zählen in der Wohnung hinterlassene Notizen? Falls nicht, dann darf ich behaupten, dass der letzte Brief an den sympathischen Frisurenverweigerer Jan Delay ging, der in Osnabrück einen Tag nach meiner dortigen Lesung am gleichen Veranstaltungsort spielte. Also habe ich ihm einen verknallten Brief hinterlassen. An den letzten mit Briefmarke und allem Pipapo erinnere ich mich nicht. Das wolltet ihr doch hören!!!

Fünfhebiger Palstek mit Überwurf

Warum St. Martin kein Brautkleid
von Rolf & Rolf trägt

6. 11. 2006

Ist das okay: Brautkleid bei H & M kaufen?
Ich finde die Werbung für dieses Kleid tatsächlich so toll,
dass ich mir das Ding auch ohne Hochzeit jederzeit überstülpen würde. Bloß, wer sind eigentlich dieser Rolf und
der andere? Sehen aus wie zwei Jungs aus dem Compu-
terclub Knollenhausen, die nebenbei zu Hause seltsame
elektronische Musik produzieren. Andererseits aber auch
schön, dass solche Typen heute für H & M designen dürfen?

Wie ging die Geschichte von St. Martin nochmal?
Der heilige Martin war ein echter Szene-Haudegen.
Allabendlich brannte er sich ein Hipster-Bier nach dem
anderen ins Bindegewebe. Doch eines Tages erschien
ihm der heilige Vorweihnachtsmann. Der sagte: »Horch!
Die Vorweihnachtszeit ist äußerst unweihnachtlich,
dabei aber trotzdem schon beachtlich kalt. Wisch dir den
Szenebierschaum vom Bartflaum, ziehe los, tue Gutes, auf
dass man im November dein Fest feiern möge und somit
der Herbst eine emotionale Aufpeppung erfährt.« Gesagt,
getan. Martin ritt los (er hatte sich vorher noch ein Pferd
besorgt) und tat allerhand Armen allerhand Gutes. Wir, die
ahnungslosen Menschlein wiederum, waren unsererseits
um ein Festlein reicher. Allen war geholfen.

Soll man vor Weihnachten Geld spenden? An wen?

Man sollte, sofern man dazu in der Lage ist, Geld spenden, ja. Ob dies zwingend zur Weihnachtszeit geschehen muss, kann ich nicht beurteilen. Es ist aber ein angemessener Anlass. Wem man zu spenden hat, möchte ich mir zu beurteilen nicht anmaßen. Ansonsten soll man's tun und nicht drüber sprechen.

Wie wickelt man einen Schal gut und schön um einen Hals?

Nun, darüber lässt sich trefflich streiten. Ich bin ja seit langem eine Verfechterin des fünfhebigen Palstek-Knoten mit zweifachem Überwurf. Allerdings habe ich neulich beim Vorbeigehen an einem Plakat, auf dem Rolf, Rolf, Rolf und Rolf mit einem Hochzeitskleid zu sehen waren, eine Frau an der Bushaltestelle gesehen, die einen achtfachen Schweinebauchstek mit einfachem Unterwurf trug. Eigentlich kann man auf dem Schalsektor fröhlich und angstlos vor sich hinknoten. Nur eins sollte man vermeiden: Jenen Knoten, der häufig bei rotwangigen, matronenhaften Damen vorkommt und aussieht, als hätten diese sich eine Laugenbrezel o. ä. vor den Hals genagelt.

Nach der Scheidung von B. S.: Was macht Kevin Federline jetzt?

Hm, ein Hochzeitskleid designen? Nein. Ich denke, er wird das tun, was schon immer seine Bestimmung war: tanzen. Er wird tanzen, bis die Nacht blutig lacht, und hernach müde auf sein Lager sinken. Außerdem wird er mit den fünf Rolfs Schals knoten, dass es dem lieben St. Martin eine Freude ist – und dann, aber wirklich erst dann, wird die ehemalige Prollpopikone ihn zurücknehmen.

Vorweihnachtlich

Schnöselbadewannen in Mädchenküchen
oder Die totale Exzentrizität

13. 11. 2006

Was war nochmal das Schöne an Schnee?
Vermutlich das, was bei vielen Dingen das Schöne ist: die
Vorstellung davon. Ich möchte hier nicht zu mädchenka-
lenderpoetisch werden, aber: Viele schöne Vorstellungen
halten bei ihrem tatsächlichen Eintreten leider nicht ganz
das, was sie versprochen haben. Es gibt Menschen, die
zählen die Liebe dazu. Ich muss jetzt hier aber wirklich abbrechen, sonst wird hier alles zu Amelie-esk, und das schon
in Frage eins.

Wie lustig ist Borat?
Sehr lustig. Sehrsehrsehrsehr lustig. Gerade, weil er wehtut,
irritiert, und man sich oft fragt, ob man darüber lachen
darf. Ich glaube, Borat gelingt tatsächlich etwas, was nur
wenigen Komikern (noch?) gelingt: er tut weh, er nervt, er
ist anstrengend – und vergisst dabei nicht, vor allem komisch zu sein.

**Richtig, dass sich alle Mädchen eine Badewanne in
der Küche wünschen?**
Äh … aus welcher schlecht durchgefegten Hirnecke dringt
denn diese beklemmende Frage ans Tageslicht? Mädchen
wünschen sich alle eine Badewanne in der Küche?? Ist das
so??? – Ich glaube, es hängt einfach sehr an den jeweiligen

116

Küchen, was man da rumstehen haben möchte. Ich bezweifle, dass geringverdienende Mädchen mit 6-Quadratmeter-Kochnischen gerne eine Badewanne in der Küche hätten. Das würde nämlich zwangsläufig nach sich ziehen, dass sie beim Kochen in dieser Badewann DRIN STÜNDEN! Oder gab es da in letzter Zeit irgendeinen Erotikthriller mit Scarlett Dingsbums o. ä., in dem diese eine aufpeitschende Badewanne-in-der-Küche-Szene mit Clive Owen o. ä. hat und der für einen Badewanneninstallationswahn in Mädchenküchen allüberall auf der Welt sorgt?

Was ist dir immer zu teuer?
Gewisse Kleidungsprodukte. Ich bin Kurzträger, d. h. die Investition in eine enorm teure Schnöseldaunenweste von Yves Saint Kaputt o. ä. lohnt sich in meinem Fall einfach nicht, da mir so eine Klamotte einfach nicht lange genug gefällt. Ich investiere hier eher in die Breite und lege mir eine gewisse Quantität weniger teurer Daunenwesten zu. So oder so reiße ich mir aber spätestens abends um acht ohnehin alle Klamotten vom Leib und springe vor Lust schreiend in meine Küchenwanne.

Und woran arbeitet Sarah Kuttner eigentlich zur Zeit?
An der totalen Rätselhaftigkeit. Ich versuche mir eine Mischung aus Unergründlichkeit und Exzentrizität zuzulegen, die so rätselhaft ist, dass selbst ich nicht weiß, was das soll. Ein erster Schritt wäre vermutlich die komplett rätselhafte und unerklärliche Anschaffung von so einer Badewanne für die Küche. Ein nächster Schritt wäre die Übernahme der Freitag Nackt News von Ingo Appelt. Aber wen es ernsthaft interessiert: Derzeit verhandele ich parallel mit SuperRTL, ARTE und einem noch nicht gegründeten

Internet-Sender über ein gemeinsames Autotestmagazin mit Eva Herman und Thomas Hermanns. Ansonsten kommt im Frühling ein zweites Buch mit Kolumnen (auch zusammen mit Eva Thomas Hermanns).

Der Bondwurm

»Geschwister habe ich keine, mein Lieblingsbruder heißt Bernd.«

20.11.2006

Dein Ohrwurm heute?
Jetzt, wo ihr das fragt, fällt mir auf, dass ich schon seit sehr langer Zeit keine Musik mehr gehört habe. – Es gibt doch noch Musik, oder? Radio und so? Gut. Vielleicht nehme ich eure Frage einfach mal zum Anlass, wieder Musik zu hören. Aber wo anfangen? – Ich hab's. Ich werde es endlich mal mit Jazz versuchen. Kurzhaarige Männer in Rollkragenpullovern, die aus vollen Backen in röhrenförmige Instrumente hineintuten und nach fünf Minuten hemmungslosen Dudelns Szenenapplaus bekommen – das wird in Zukunft meine Welt sein. Ach, die Welt ist voller Optionen und Neuanfänge!

Worüber könntest du dich gerade aufregen?
Ich hatte mich soeben entschlossen, in Weihnachtsstimmung zu verfallen, da schwappte die letztwöchige Hitzewelle über das Land. Im Bikini fand ich mich an Orten wieder, die zu dieser Jahreszeit eigentlich von lauter Langärmeligen bevölkert sein sollten. Ärgerlich.

Blonder James Bond?
Ich mag mich nicht mehr in die Reihen der übel meinenden Craig-Basher einreihen. Ich finde es gut, dass er trotz der anfänglichen Negativ- und Hetzpresse (und trotz meiner

Kritik) den Bond weitergedreht und nicht etwa stattdessen auf Sozio-Dramen umgesattelt hat. Bei der Kritikschwemme (der Schwester der Hitzewelle aus oben stehender Antwort) wäre ein Nicolas Cage o. ä. direkt in Heulkrämpfe verfallen und hätte aus Angst vermutlich nur noch sensible Jazztrötenbläser gespielt. Aber zurück zur Haarfarbe: Die ist mir wurscht. Notfalls reimt sich »blond« natürlich wunderbar auf James. Äh Bond.

Soll man seinem Chef/Lehrer zu Weihnachten etwas schenken? Was denn?

Nein, das sollte man nicht. Am besten eine Jazztröte oder einen gemeinsamen Abend mit James Bond im Langärmeligengehege. Merken Sie was? Ich habe etwas vollkommen Neuartiges getan! Ich habe allgemein verneint und dann konkret präzisiert. Okay, vielleicht habe ich es nicht als Erste getan, aber ich könnte hiermit ein Zeichen setzen. Bilden auch Sie jetzt Sätze wie »Geschwister habe ich keine, mein Lieblingsbruder heißt Bernd« oder »Ich hasse schwafelnde Jungkolumnistinnen, am besten ist Sarah Kuttner«.

Kleben: Tesa oder Pritt?

Die Karikatur einer Kuttnerkolumnenfrage zum Thema Alltagsnichtigkeiten. Ist letztlich wohl total egal, ich plädiere aber für Eigenkleberanrührung aus körpereigenem Mus. Entschuldigung.

Aquarienschuhe

Vier Pinne, und oben ist Feuer dran: Advent in Berlin

27.11.2006

Bolivianische Hochland Mischung, Equador's Secret ... Wie sehr interessieren sich Menschen morgens am To-Go-Laden eigentlich wirklich für Kaffeesorten?
Da die Welt bekanntlich eher zur Doofheit und Uninformiertheit neigt, vermute ich mal, dass es im To-Go-Laden nur relativ selten zu informativen Fachberatungsgesprächen kommt. Dabei wäre es ja tatsächlich allein aus politischen Gründen interessant. Aber: Die wenigsten Leute fragen ja auch, woher ihre billigen Modemarken-Kopien oder ihre schlabberige Wurst kommt. Ich muss mich da leider einschließen, nehme mir aber vor, mich in Zukunft gerne auszuschließen. So viel zur demnächst bestimmt anstehenden Frage nach meinen Vorsätzen fürs Jahr 2007.

Welches Accessoire benutzen Berliner Hipster anstelle eines Adventskranzes?
Ich habe letztes Jahr erst mit der Entflammung eines Adventskranzes im trauten Heim angefangen und wollte dies dieses Jahr eigentlich fortführen. Muss ich schon wieder über etwas Neues nachdenken? Ich hoffe doch nicht. Aber im Grunde ist es vermutlich egal, was man sich da auf den Tisch legt: Hauptsache, vier Pinne ragen in die Höhe und oben ist Feuer dran. Andererseits halte ich die Moderni-

sierung und Anhippung von Brauchtum für fragwürdig. Von mir aus sollen sich die Berliner Hipster (wie auch immer die derzeit wohl aussehen mögen … ach je, jetzt fällt mir gerade wieder ein, wie die aussehen …), von mir aus jedenfalls sollen die aus Modernisierungsgeilheit und Originalitätszwang Aquarien als Schuhe anziehen, die Adventskränze hingegen mögen in Ruhe gelassen werden.

Was tun gegen Lampenfieber?
Da hilft sowieso nichts. Mein Papa sagt immer, man solle vorher einen Schnaps trinken. Das hätte bei mir fatale Folgen. Und irgendwann gewöhnt man sich dann und parkt in einer Garage mit Ozzy Osbourne oder so, besser nicht. Ich ignoriere Lampenfieber einfach immer. Hilft so mittel.

Heike, Charlotte, Nora … gehört Schauspielerei mittlerweile zum normalen Repertoire von TV-Moderatorinnen?
Nö. Aber ist vielleicht die logische Weiterentwicklung. Was das Moderationshandwerk oder Fernsehen im Allgemeinen angeht, ist die kreative Verpuffung schneller erreicht, als man glaubt. Die Möglichkeiten des Machbaren – bzw. dessen, was Verantwortliche einen machen lassen – enden noch früher. Beim Film ist das scheinbar anders. Aber Film heißt ja vor allem Warten. Da wird alles auf dem Set mit der Bahn erledigt, und die kommt dauernd zu spät, weil der Schaffner beim Kaffeestopp in Hannover erst die Herkunft aller Kaffeesorten erfragen muss.

Vielleicht eine Ahnung, wie Web 3.0 aussehen könnte?
Nein, da fragen Sie die Falsche. Aber ich glaube, Axel Schulz oder Udo Lindenberg hätten sicher 'ne Idee. Besagten Berliner Hipstern von weiter oben würde zu dem

Thema sicher auch etwas einfallen. Und wenn Sie schon nach oben zum Fragen gehen, sagen Sie denen doch bitte, die sollen in der Wohnung ihre blöden Aquariumsschuhe ausziehen, die sind nämlich sehr laut.

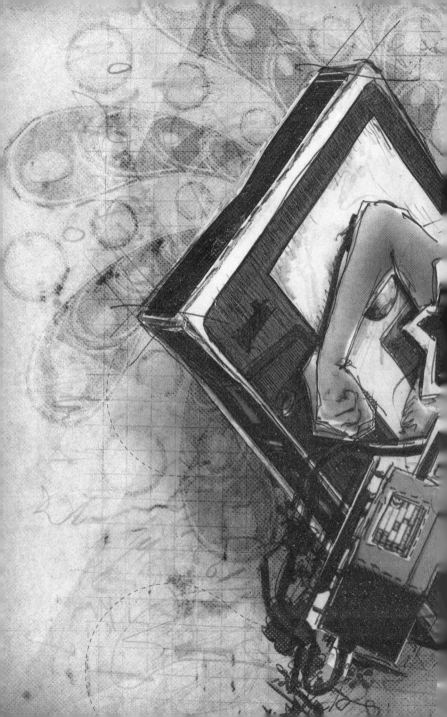

Über Schwächeanfälle

Immer mehr Verkäufer bedrängen uns,
Schachcomputer zu überlisten

4. 12. 2006

**Warum haben Menschen Angst davor, 30 Jahre alt
zu werden?**
Vierzigjährige Freunde von mir behaupten: Weil diese
Menschen noch nichts von den Freuden der dreißiger
Jahre wissen. Angeblich – so behaupten diese Nichtmehr-
Thirtysometings – würde in den Dreißigern tagtäglich eine
Sektpulle der Freude nach der anderen entkorkt und jeder
Tag gelebt, wie man es in den dummen, hohlen Zwanzigern
nicht zu tun geschafft hätte. Von meiner Noch-Zwanziger-
Warte aus muss ich allerdings hinzufügen: Genauso sehen
diese Dreißiger-Menschen aber auch aus.

Wie überlistet man einen Schachcomputer?
Ich weiß noch nicht mal, wie man normale Menschen, die
Schach spielen, überlistet. Sehr wohl aber weiß ich, wie
man Menschen überlistet, die in der Süddeutschen Zeitung
Schachfragen stellen: Man lenkt sie ab, indem man über
etwas ganz anderes zu schreiben beginnt. Zum Beispiel
über Schachcomputerüberlistungscomputer, die bislang
einzige sichere Waffe gegen listige Schachcomputer. Mist,
jetzt bin ich doch auf die Frage reingefallen …

Britney Spears und Robbie Williams – warum schwächeln unsere Superstars so vor sich hin?

Eigentlich breche ich nicht so oft Lanzen für langweilige Popstars, aber wenn man das Aufmerksamkeitspensum von Williams/Spears hat, muss man doch zwangsweise schwächeln. Unter derartiger Beobachtung würde jeder Metzger schwächeln. Ich schaffe es ja teilweise nicht, ohne Schwächeanfall den Müll runterzubringen, und ich habe KEINE internationale Karriere, einen bescheuerten Tanzkasper-Ehemann, Superstardepressionen und Drogenprobleme.

Was ist schlimmer: Verkäufer, die einen bedrängen, oder solche, die einen ignorieren?

Definitiv Verkäufer, die einen bedrängen! An Verkäufern, die einen ignorieren, gibt's nichts auszusetzen. Sie entsprechen sogar meinem Bild des perfekten Verkäufers. Sie sind quasi Über-Verkäufer. Darf man das überhaupt sagen oder ist das politisch nicht korrekt? Sollte die Ignoranz des Verkäufers allerdings so weit gehen, dass er oder sie meine zwölfzigtausend Schuhe, Hosen und Badewannenreiniger nicht abkassieren will, würde ich mich zwar wundern, es aber nur konsequent und somit wieder super finden.

Hilfe, die Mehrwertsteuer! Was noch schnell kaufen?

Hier bin ich gegen jede Hamsterkaufspanik. Man sollte kaufen, wonach einem ist. Allerdings bringt einem das natürlich nichts, wenn einen der Verkäufer ignoriert.

Weihnachten mal besser

Feiern im ausrangierten Raucherabteil
oder in der gesetzfreien Zone?

13. 12. 2006

Was wünschen sich Mädchen zu Weihnachten?
Gibt es da immer noch geschlechtsspezifische Präferenzen?
Also, wenn ich dieses Jahr drei Wochen Ponyhof o. ä. ge-
schenkt bekomme, wäre dies vermutlich einigermaßen
mädchenspezifisch, zugleich aber auch äußerst enttäu-
schend. Eine Eisenbahn – also etwas spezifisch jüngliches
– will ich aber auch nicht. Höchstens ein ausrangiertes
Raucherabteil, in dem ich das gesamte kommende Jahr
hocken und gegen das öffentliche Rauchverbot anqualmen
werde.

Anmerkungen zum Thema Strumpfhosen?
Strumpfhosen sind eine sinnvolle Erfindung. Die Hälfte
meiner Banküberfälle wären sicherlich nur halb so zu-
friedenstellend verlaufen, wenn die Strumpfhosenindustrie
nicht so gute Arbeit leisten würde. Am Bein getragen
erfüllt sie selbstverständlich auch ihren Zweck: sie wärmt,
lässt Rocktragereien zu, wenn das Wetter jeder Rockerei
eigentlich im Wege stehen möchte und vermag sogar noch
manch klumpiges Bein zu verschlanken.

Was schenkt man seinen Eltern?
Ich bin dafür, das klassische Geschenke-Triptychon Bild-
band-Fußbadewanne-Konzertticket durch etwas Neues zu

sprengen. Ganz schlimm auch: Gemeinsamkeiten schenken – etwa zusammen verbrachte Kulturabende o. ä., das führt nur zu Tränen oder unterdrückter Wut. Ich will es so sagen: Innovationen sind eine schlimme Sache, es gibt definitiv zu viel davon in Deutschland. Doch auf dem Elterngeschenkesektor wäre ein wenig Progressivität durchaus gefragt. Ich empfehle folgende Präsente: Strumpfmasken, Tirolerhüte, Schokolade, Raucherabteile, Klumpbeine aus Marzipan, Gutscheine für kinderanruffreie Tage, Jackass-DVD-Boxen, alte Sachen aus der eigenen Wohnung, selbstgeschriebene Erotik-Romane, Pin-Up-Kalender mit Bildern vom Freund der Schwester und Handyattrappen.

Welches war dein Lieblingsmusikstück des ablaufenden Jahres?
Ich bin schlecht in diesen Lieblingssongangelegenheiten, da fragt ihr besser Dieter-Thomas Heck. Ich weiß ja jetzt schon nicht mehr, was ich im November zum St. Martinszug immer gern gehört habe.

Wie verhält man sich auf einer Weihnachtsfeier richtig?
Generell sollte man das Verlangen, auf einer Weihnachtsfeier einen Lebenspartner zu finden, einigermaßen in Grenzen halten. Auf jeden Fall sollte man es sich nicht anmerken lassen, da derlei Bestrebungen von einer gewissen Tragik umwölkt sind. Ansonsten ist eigentlich alles möglich, was man sich auch an einem gut angeschossenen Abend auf Malle nicht verkneifen würde. Denn – machen wir uns nichts vor: Weihnachtsfeiern sind tatsächlich längst der Freibrief für alles geworden. Also: ruhig dämlich und ohne viel Kleidung auf »Last Christmas« tanzen – bei den meisten anderen sieht's ohnehin noch dämlicher aus. Man

kann auch ruhig Menschen die Meinungen sagen oder sich in Faustkämpfe verwickeln lassen – es wird sich eh keiner mehr dran erinnern. Weihnachtsfeiern sind gesetzfreie Zonen.

Ein Tacken X-mas

Melancholische Weihnachtskarten für
Weihnachtskartenhasser

18.12.2006

**Was ist auf der schlimmsten Weihnachtskarte, die du
bis jetzt bekommen hast?**
Weihnachtskarten? Seht ihr zu viele Tom Hanks-Filme?
Ich habe noch NIE eine Weihnachtskarte bekommen. Ist
das ein Brauch, der auch in Deutschland wohnt? Ich habe
allerdings neulich bei einem Bekannten eine rumliegen
sehen, auf der stand »I hate X-mas« oder so ähnlich. Das
finde ich scheußlich. Erstens finde ich die Bezeichnung
X-mas äußerst herpesfördernd. Da muss ich immer an
X-tina Aguliera denken. Und die nervt es bestimmt
sagenhaft, dass alle bei schriftlicher Erwähnung ihres Namens an Weihnachten, pardon, X-mas denken müssen. Und
zweitens muss man doch, wenn man Weihnachten hasst,
sich keinem Weihnachtsbrauch wie Weihnachtskartenver-
schicken unterwerfen. Oder ist das dann wieder deutsche
Krawallironie? Zack! Direkt wütend geworden. Und das so
kurz vor Weihnachten.

**Überall hört man das Wort »Tacken«, zum Beispiel
»Einen Tacken zulegen!«. Aber was ist ein Tacken?**
Nur weil ihr das überall hört, muss ich mir hier den Kopf
darüber zerbrechen … Ich glaube, es hieß mal, »einen
Zacken zulegen« und bezog sich vermutlich auf einen
armen König, dem mal einer aus der Krone gefallen war.

Dieser König war sehr langsam (er trug geigenkastengroße Schuhe, die überall anstießen), und daher kam es bei der Einreichung in der Sprichwörterbehörde zu einer Überschneidung beider anzumeldender Sprichwörter »Zacken aus der Krone brechen« und »einen Zacken zulegen«. Das mit dem »Tacken« ist vermutlich beim Stille Post-Spielen passiert …

Wo wird man melancholischer: im Zug oder im Flugzeug?

Im Zug. Denn Melancholie braucht Zeit. Da reicht die Strecke Berlin–Hamburg zum Beispiel nicht. Im Flugzeug steht ja einfach, sobald man sich gerade in eine zünftige Melancholie hineingesteigert hat, sofort wieder eine Landung an. Oder jemand will einem einen Tomatensaft andrehen oder der Sitznachbar am Fenster muss mal raus, weil er was bei sich in der Hose nachgucken muss. Nein, halten Sie bitte einfach fest: Melancholie braucht Zeit.

Was ist dir immer zu teuer?

Wohnnebenkosten. Ich kann für mehere tausend Euro am Tag Kleidung, Essen oder Zigaretten kaufen, aber wenn ich Heizung zahlen soll, werde ich aus heiterem Himmel geizig und friere lieber. Ich bin also Geizwohner. Ein weitestgehend flugmelancholiefreier Geizwohner, der X-mas-Hasser hasst. Und wissen Sie, was ich jetzt mache? Ich schreibe allen mir bekannten Weihnachtskartenhassern Weihnachtskarten.

Silvester bei Sarah

... aber bitte hinten anstellen

23. 12. 2006

Dein Lieblingsritual rund um Weihnachten?
So viel Ehrlichkeit muss sein: Weihnachten ist ein Essfest,
das auch bei mir ganz im Sinne meditativer Spachtelei und
Verzehrkunst steht. Ansonsten begeistere ich mich selbst
mit jedem Jahr mehr über meine eigenen, sich immer
mehr steigernden Einpackkünste. Ich verpacke tatsächlich
inzwischen derart aufwendig und teuer, dass die eigentlichen Geschenke eher karg und kümmerlich ausfallen.
Dooferweise denken die meisten Beschenkten, dass der
billige Kniffelwürfelbecher ausschließlich von einer pro-
fessionellen Einpacktante im Kaufhaus so perfekt einge-
hüllt worden sein kann, somit erhalte ich nicht mal Credits
für meine Aufwendungen. Super, da kann ich mal was, und
keiner merkt's. Muss ich wohl weiter Fernsehen machen.

**Lieber Silvester-Party veranstalten? Oder lieber auf
die Freunde bauen?**
Eigentlich lieber andernorts. In der eigenen Wohnung bin
ich immer so entsetzlich gehemmt, mich gehen zu lassen,
und denke bis zu zwölfmal darüber nach, bevor ich auf den
Boden asche oder breche. Allerdings habe ich von allen
Arbeitslosen in meinem Umfeld die beste Dachterrasse
und somit den überzeugendsten Grund, Silvester bei mir
zu feiern. Also werde ich wohl auch dieses Jahr wieder

zu einem überpeniblen Leutenhinterherräumer, was sich enorm spaßbremsend auswirken wird. Aber es lohnt sich jedes Mal: Letztes Jahr habe ich das so gut und konsequent betrieben, dass die Wohnung, als wir später auf eine andere Feier gingen, so aussah wie vor Beginn der Feierlichkeiten.

Wie mit wenig Wissen maximal beeindrucken?
Das ist mir zu leistungsorientiert. Diese Wissenswirkerei zu Beeindruckenszwecken kann hier nicht gutgeheißen werden, da man sie ja nur einsetzt, um etwas zu bekommen. Ich bin, wie ich hier schon einmal kundtat, kein begeisterter Anhäufer von vermeintlichem Pflichtwissen. Aber wenn man denn schon wissen will, sollte man wissen, dass man es für sich selbst wissen sollte. Quasi zur freudigen Aufstockung des eigenen Wissenshaushaltes. Und wenn man nichts weiß, empfehle ich etwas, womit man auch immer ganz gut durchkommt: lügen.

Wer soll sich mal lieber hinten anstellen?
Ach, wenn es so einfach wäre. Das Schlimme ist ja, dass die meisten Vorneansteller und Vordrängler in einem Land, in dem Vorneanstellerei und Gedrängel zu den obersten Volkstugenden zählen, eine derartige Meinungsmacht haben, dass sich, wenn diese Vorneansteller plötzlich hinten stehen, gleich wieder ALLE hinten anstellen. Vielleicht sollte man eher damit aufhören, sich überhaupt irgendwo anzustellen. Denn da, wo man ansteht, sind meistens eh alle anderen auch, und was Gutes gibt's dort selten.

Auf Wiedersehen, Sarah

Letzte Antworten auf Fragen, die man sich selbst
nie gestellt hätte

30. 12. 2006

**Der blödeste Satz, den ein Junge sagen kann, um mit
dir ins Gespräch zu kommen?**
Von »Du bist 'ne wirklich doofe Kuh« mal abgesehen?
Nun … Äußerst ungeschickt finde ich die Fragen nach Ver-
dienst und/oder aktuellem Stand in Vermählungsfragen.
Sehr ungeschickt ist aber auch folgender Einstieg:»Hör
mal, bei mir läuft's grad im Leben so dermaßen schlecht,
dass ich vor lauter Doofheit gerade meine Kondome gegen
'ne Tasse Crack eingetauscht hab – können wir trotzdem
zusammen im Aufzug steckenbleiben?«

**Welchen Dialekt möchtest du auf der nächsten Party
keinesfalls hören?**
Eigentlich alle, die einheimisch sind und zu Belustigungs-
zwecken dargeboten werden. Nicht, weil die Dialekte
so hässlich sind (nun gut, das sind sie, aber darum geht's
nicht), sondern weil sie so DURCH sind. Im Sinne von
NICHT LUSTIG, IHR DEPPEN! Dialektimitatoren gehören ganz nach unten auf die Trittleiter der Spaßmacher.
Runter zu den Trappatoni-Nachäffern, Kanzlerinnen- und
Boris Becker-Nachmachern.

Welche Trends müssen 2007 unbedingt kommen?
Vielleicht der Trend zur Zweikanaligkeit des Fernsehens,
damit man sich plötzlich wieder mehr in anderen Tätigkeiten wiederfindet. Comedianüberdruss wäre ebenfalls
eine schöne Sache, mit der man mich hinterm Ofen hervor-
locken könnte. Politikverdrossenheitsverdruss wäre wohl
auch gut oder anders: Durch die Straßen ziehende Menschen, denen einfach alles zu blöd wird und die dies künftig
mitzuteilen gedenken, hätten meinen Zuspruch.

**Was würdest du schreiben, wenn das hier deine letzte
Antwort für jetzt.de wäre?**
Ich würde vermutlich schreiben, dass ich, bei aller Freude,
die mir die jetzt.de-Antwortenschreiberei immer gemacht
hat, mal etwas Neues in Angriff nehmen möchte. Dass es
viele bedrohte Charaktereigenschaften, ausgestorbene
Tätigkeiten und vergessene Bereiche der Freudebereitung
gibt, die ich noch ausprobieren möchte und dass ich dabei
in Zukunft wohl nicht mehr so viel Zeit zum Schreiben
haben werde. Ich würde mich natürlich auch bedanken: bei
allen, die mich haben gewähren lassen und vor allem für
die vielen schönen Fragen, die ich mir selbst so nie gestellt
hätte. Dann würde ich wohl etwas wehmütig und würde
den Abend bei einer Flasche selbstgestampftem Wein, auf
dem Wohnungsboden sitzend und meine Lieblingsfragen
des letzten Jahres sortierend, beschließen.

Die Musikexpress-Kolumnen

Geheimkonzerte auf Dual Discs

Schlittern auf dem Gleitfilm
von Sarahs Sätzen

Februar 2006

Letztens war ich mit einer starken Erkältung auf
einem Geheimkonzert der Strokes. Ja, das ist ein markiger
Satz, die eine derart enorme Erwartungshaltung schürt,
dass man sich als Jungkolumnist der Aufmerksamkeit der
Leser sicher sein kann. Auf jeden Fall ist es ein besserer
Einstiegssatz als z. B.: »Leute, Leute, Leute, ich weiß auch
nicht« oder »Liebe Zielgruppe, es gibt schlechte Nach-
richten«. Wie auch immer: Ich war also mit einer starken
Erkältung auf dem Berliner Geheimkonzert der Strokes.
Sollten also andere Besucher dieses Konzerts die folgenden
Tage tropfnasig und mit schlimmem Husten verbracht
haben – das war vorher mein Husten! Sorry.
Aber nein, es war ja außer mir niemand da, es war
ja ein Geheimkonzert. Dementsprechend war, als ich
ankam, vor der Halle alles leer. »Toll«, dachte ich noch,
»unglaublich gut organisiert, diese Geheimkonzerte. Diese
Präzision!« Es war wirklich niemand gekommen, und die
Strokes waren in entsprechend guter Stimmung. Es war
deutlich zu merken: Für die Band war dieser secret gig
nicht einfach irgendeine Rauschgift befeuerte Popmusiker-
Laune, nein, es war ein wichtiger Schritt zur Rückerobe-
rung musikalischen Terrains im Jahr 2006. Und ich war
dabei. Fab Moretti, der Schlagzeuger, war aufgeregt wie ein
kleines Kind: »Unglaublich, es hat wirklich funktioniert!

Wir haben ein Geheimkonzert veranstaltet, und niemand ist gekommen.« Normalerweise sind Fab und ich so dicke miteinander, dass wir uns zur Begrüßung immer gegenseitig die Stirn gegeneinander hauen und mit den Fingern in den Ohren rumpulen, heute war an derlei liebgewonnene Rituale aber nicht zu denken: Die Luft war zum Zerreißen gespannt. Gegen 21 Uhr noch was ging's dann los. Es klang toll. Trotzdem ging ich relativ schnell. Es war ja schließlich ein Geheimkonzert.

Man muss allerdings sagen: Neu ist diese Nummer mit den Geheimkonzerten ja nicht. Mittlerweile versucht die Musikindustrie ja der allgemeinen Absatzkrise durch das Veröffentlichen von »Geheimplatten« Herr zu werden. Platten, deren Veröffentlichung keiner mitkriegt, die von niemandem gekauft werden, die aber auf lange Sicht enorm einflussreich o. ä. sein werden. Zu den bereits im letzten Jahr erschienenen Geheimplatten zählen z. B. die jüngeren Werke von Limp Bizkit und Toni Kater. Hat keiner mitgekriegt, dass die erschienen sind. Aber warten Sie ab: Spätestens 2009 werden beide als epochal und groß gelten. Geheimplatten sind mir jedenfalls als jüngste Schrulle der Plattenindustrie lieber als die doofen gehypten »Dual Discs«. Für alle Glücklichen, die noch nie eine Dual Disc auf den heimischen Plattenspieler gelegt haben: Dual Disc ist ein neues Format, das von beiden Seiten bespielbar ist. Auf der einen Seite gibt's Musik und auf der anderen eine DVD mit dem üblichen Kram: Aufnahmen aus dem Studio, launige Momente aus dem Touralltag etc. – Eine Frage habe ich zu diesen dual discs: WAS SOLL DIE KACKE? Wenn ich mir die neue Platte irgendeiner Band kaufe, will ich auch genau das: Die neue Platte irgendeiner Band. Nicht einen dubiosen, aufgeblasenen, nichtigen Para-Mehrwert. Ich will nicht schwedische Retro-Musikanten dabei beobachten, wie sie stundenlang an einem Effektgerät rumdrehen. Selbst dann nicht, wenn sie dabei sexuell extrem erregende Hosen tragen. Ich will auch nicht den Sänger irgendeiner Band auf der DVD sagen hören: »Wir haben diesmal versucht, offener für Einflüsse zu sein. Die meisten Bands sind heute so schrecklich unoffen für Einflüsse.« Will ich alles nicht, kann alles zu Hause bleiben. Bitte liebe Musikindustrie: Verschont mich mit den öden Entstehungsgeschichten. Schon mal was von Entmystifizierung gehört??? Nichts gegen DVDs über alte Musikrecken oder epochale Meisterwerke. Aber jede dahergelaufene CD mit dem Zeugs vollzuladen, das muss nicht sein.

Ich habe übrigens am Anfang gelogen: Ich war gar nicht auf dem Geheimkonzert der Strokes. Ich war zu erkältet. Aber der Einstiegssatz »Jungejunge, war ich letztens erkältet« wäre nicht die Sorte Gleitfilm gewesen, auf der ihr bis ans Ende dieser Kolumne hättet schlittern können. Nicht schimpfen bitte!

»Der gesellschaftliche Druck wird einfach zu groß«

Basteln mit der buddhistischen
Geländerunterrutschgruppe

März 2006

Na endlich! Ich dachte, das wird nichts mehr. Just in diesem Moment wächst eine Giraffe aus meiner Tastatur und schlägt unablässig zwei Kokosnusshälften gegeneinander. Das mag auf den ersten Eindruck vielleicht erstaunen, ist aber erklärbar – denn, Achtung: Die vorliegende Ausgabe meiner Kolumne ist ein Test! Und zugleich ein so noch nie dagewesener Mindfuck. Denn: 15 Minuten vor Aufnahme meiner Schreibtätigkeit habe ich enorm viele Drogen genommen. Die vollkommen berechtigte Frage nach dem »Warum« kann ich mit gebotener Präzision beantworten: Weil mir mein Verantwortungsgefühl als Kolumnistin gebietet, immer topaktuell die heißesten Themen aufzugreifen. Und Drogen – tja, Drogen sind ja derzeit wieder in aller Vene. Spätestens seit dem Medienfall Osthoff, äh, Doherty. Sorry, verwechsele ich immer. Spätestens seit dem Medienfall Doherty sind Drogen jedenfalls wieder ein Riesenthema. Als bisher strikter non-user nervt mich das natürlich. Wohin ich auch komme – ob zur Arbeit, zu Mozartjahr-Veranstaltungen, zur Tanzgymnastik oder zum Badminton: Überall wird erst einmal der große Drogen-Rucksack ausgeschüttet und tüchtig zugelangt. Mittlerweile ist es mir aber zu anstrengend, als Einziger noch nüchtern durch die Gegend zu laufen. Es macht einfach keinen Spaß, an der Wursttheke zu stehen, sich von der absolut druffen

Verkäuferin psychedelisch volllabern zu lassen, und alle drum herum lachen sich kaputt, nur ich nicht. Deswegen nehme ich jetzt eben auch Drogen. Der gesellschaftliche Druck wird einfach zu groß. Ich weiß auch gar nicht mehr genau, welche Drogen ich da eben genommen habe – es waren jedenfalls sehr, sehr viele.

Allerdings weiß ich jetzt schon, dass dies hier ein einmaliger Selbstversuch bleiben wird. Ich sehe es nämlich überhaupt nicht ein, der internationalen Drogenmafia mein Geld in den Rachen zu stopfen, nur damit mir irgendeine beknackte Kokosnussgiraffe aus der Tastatur wächst. Außerdem ist unter dem Einfluss von Drogen schon enorm viel Unheil angerichtet worden – vor allem in der Popmusik. 70er-Jahre-Art-Rock zum Beispiel. Oder Techno. Und der Hip-Hop ist von der ganzen Kifferei auch nicht besser geworden. Vielleicht sollten ja Hip-Hopper mehr koksen und Techno-Hirnis mehr kiffen. Andererseits: Nein, vielleicht auch besser nicht. Nein.

Jetzt muss ich nur meine Redaktion wieder von den Drogen wegkriegen. Das Schlimme ist aber: Man hört ja nicht einfach mit Drogennehmen auf. Nein, man stürzt sich nach erfolgreich abgeschlossenem Drogenstudium in der Regel wahlweise in Buddhismus (s. Red Hot Chili Peppers usw.), bizarre Bastelarbeit oder fängt zumindest mit einem besonders seltsamen Sport an, den man dann fanatisch bis an sein Lebensende betreibt. Man müsste das dringend mal untersuchen: Wie viele Ausübende von Quatschsportarten oder Populär-Buddhismus vorher täglich unter der Drogendusche gelegen haben. Ich bin der festen Überzeugung, dass da ein Zusammenhang besteht.

So, die Drogenwirkung lässt langsam nach, ich kann mich wieder anderen Themen widmen. Dem Mozart-Jahr zum Beispiel. Alle Clubheads und Event-Crasher, die letztes Jahr von einem Einstein-Rave zum nächsten gedüst sind, waren ja kurz in Panik. Was jetzt, wo das Einstein-Jahr äußerst unrelativ vorbei ist? Nach kurzer Panik wurden einfach die Puderperücken übergestülpt, und man stürzte sich hysterisch ins Mozart-Jahr, das ja noch viel grellere Events verspricht!

Macht der Musikexpress eigentlich was zum Mozart-Jahr? 'ne Fotostrecke vielleicht? Campi, Smudo und Thees Uhlmann in einer Klassik-Fotostrecke? Jetzt hat Mozart den ganzen anderen Musikanten also nicht nur bessere Melodien, sondern auch noch ein ganzes eigenes Jahr voraus. Obwohl die bei der Jahresvergabestelle ja auch immer laxer werden. Mittlerweile ist es eigentlich kaum noch ein Problem da anzurufen und zu sagen: »Tag zusammen, ich würde gerne ein Rufus Wainwright-Jahr beantragen.« Wenn man sich da einigermaßen geschickt am Telefon anstellt, kriegt man für 2176 garantiert noch einen freien Termin. Apropos Termin: Ich muss jetzt Schluss machen, meine buddhistische Geländerrunterrutschgruppe trifft sich gleich bei mir zum Basteln. Und vorher muss ich mir noch schnell das Pete Osthoff-Album brennen.

Klamottenberatung für hilflose Popstars

Warum übergroße Hühnerimitationsfüße
nicht edgy sind

April 2006

Ende letzten Jahres wurde mir mein erster (und vermutlich letzter) Award verliehen. Vom Musikexpress, dem Fachmagazin für erste und letzte Awardverleihungen. Hat gar nicht wehgetan und war tatsächlich mal eine Abwechslung. Ich wurde rechtzeitig geweckt und durfte selbst auf die Bühne. Ja, ja, ich weiß: Es war nur ein Fashion-Award und kein Preis für die beste gehirnchirurgische Not-OP auf einem von aller Zivilisation abgeschnittenen Krisenschiff, aber immerhin. Ich hätte zwar gerne noch diverse andere Preise verliehen bekommen (»beste 1,60 m große Halbprominente, die deutlich größer wirkt«, »privat nettester Mensch aus dem TV«, »beste alleinerziehende Mutter einer Fernsehredaktion«, »beste Vorausahnerin von Filmenden« etc.), aber ich rechne damit nicht mehr.

Da ich mir so einen Fashion-Preis aber nicht einfach nur zu Hause neben meine bei VIVA geklauten Goldenen-Scooter-Schallplatten hänge, sondern aus der Ehrung eine Verantwortung für die Menschheit ableite, sehe ich mich ab sofort als Oberbekleidungsbotschafterin. Mein Auftrag: Die Menschen besser anziehen. Begonnen habe ich zunächst mal bei mir. Seit Januar sehe ich beispielsweise privat nicht mehr annähernd so doof aus wie im Fernsehen. Im zweiten Schritt habe ich mich der Musikexpress-Redaktion angenommen. Da laufen jetzt alle in schnittigen Nick-Cave-An-

147

zügen rum. Zuerst habe ich's mit eher avantgardistischen Plastiksäcken versucht, aus denen unten riesige Hühner-imitationsfüße rausgucken, damit die Redaktion optisch etwas mehr edgy rüberkommt. Weite Teile der Redaktion meinten aber, das sähe nicht edgy, sondern scheiße aus und sei bei wichtigen Kundenterminen nicht gut angekommen.

Als Nächstes gilt es nun, Pop- und Rockstars hilfreich ins neue Mäntlein zu helfen. Von nirgendwo sonst gehen so viele Klamotten-relevante Impulse aus wie von haupt-beruflichen Musikschaffenden, trotzdem laufen gerade in diesem Bereich nach wie vor eine Menge Typen rum, deren Kleidung von wenig Inspiration zeugt. Zum Beispiel diese ganzen hier schon oft gescholtenen We-are-Scientists-aber-auch-Editors-mit-Sicherheit-aber-Futureheads-und-sonst-eben-Maximo-Parks-Franz-Ferdinande. Nichts gegen einen hübschen Pullunder, schmale Schlipse und die Maschine betonende Beinkleider – warum aber diese wandelnden Retro-Ödnisse alle so rumstaksen müssen, ist mir schleier-haft. Umgekehrt sehen alle Saddle-Creek-Bands aus wie mottiges Lumpengesindel, das olle Strickpullis aufträgt, die Conor Obersts Mutter schon 1979 entsorgen wollte. Warum diese komische Uniformität? Noch problematischer sind aber Einzelphänomene, deren ewig gleiches Aussehen langweilt. Um in aller Kürze auf den Punkt zu kommen, präsentiere ich hier schon mal eine kleine Liste von be-kleidungstechnisch hilfsbedürftigen Popstars und ihren hinlänglich bekannten Standart-Outfits. Gleichzeitig habe ich mich bei jedem aber auch um einen Verbesserungsvor-schlag bemüht:

1. Noel Gallagher. Problemoutfit: Die nach Skizzen von Paul Weller gestaltete Jeanskombi mit Schal. Besser: Direkt die Weller-Originale ausleihen, man kennt sich ja.
2. Placebo. Problemoutfit: Junge-Designer-schwarz-grau-

Tristesse, Stand 1998. Besser: Keine Ahnung, vielleicht die vom Musikexpress abgelehnten Müllsäcke mit den Hühnerfüßen.

3. Shakira. Problemoutfit: Die braune Jim-Morisson-Lederröhre, die für sie zwangsläufig mit der ebenso verzichtbaren Rockröhre einherzugehen scheint. Besser: Alles andere. Oder nix und nur die Hühnerfüße.

4. Campino. Problemoutfit: Alberne schlechtgelaunte Frust-Maske. Besser: Taucheranzug. Oder einfach zu Hause bleiben.

5. …

Oje, Klamottenberatung ist ein anstrengendes, selbst auferlegtes Ehrenamt. Bevor ich mich da in irgendwas reinsteigere, was ich nicht gewuppt kriege, gebe ich den Posten lieber wieder frei. Ist ja schnell gemacht: Einfach beim Ehrenamt anrufen und sagen: »Tag, Kuttner. Ich möchte bitte von einem Amt zurücktreten. Und dann hab ich noch jede Menge riesige Hühnerimitationsfüße hier rumliegen, die auch weg müssen.«

»Gott trägt Flip-Flops«

Über jahreszeitenabhängige
Musikkonsumentenbedürfnisse

Mai 2006

Sollten Sie beim Lesen meiner diesmaligen Kolumne
gerade vollkommen blödsinnig verliebt sein: Dafür gibt
es ganz simple Gründe. Es ist nämlich Frühling, und das
lässt allerorts mal wieder die Lustsäfte aus dem Körper
schießen. Man rennt also mit ordentlich Saft im Leib durch
die Gegend, die Sonne scheint vielleicht schon ein bisschen,
und ZACK! ist's passiert: Das flüchtige Lächeln eines vor-
beibretternden LKW-Fahrers hat einem den Tag gerettet.
Wir lernen mal wieder: Es sind die kleinen Dinge …
    Dies hier ist bereits mein 43. Frühling, ich kenne mich
also ein bisschen aus und möchte meine Erfahrungen
gerne mit meiner dreiköpfigen Leserschar teilen. Man
sollte nämlich nicht ganz unvorbereitet in diese Jahreszeit
stolpern. Zunächst gilt es, den Kleiderschrank umzurüsten:
Die mehrschichtigen Thermohosen werden nach hinten
gehängt, und auch die abgewetzte Bommelmütze wird man
in den nächsten Monaten nicht mehr ganz so oft brauchen.
Apropos »mehrschichtige Thermohosen«: Was tragen
eigentlich Oomph! und andere Ledermantelherren im
Frühling? Verstehen Sie mich nicht falsch, alles nette Jungs
bei Oompf, aber die Band scheint mir schlichtweg nicht in
die Jahreszeit des Knospens zu gehören. Hat man denen
das bei der Imagezuweisungsbehörde gesagt?
    Wie auch immer, wir halten fest: Bestimmte Musiker-

Images sind einfach nicht mit jeder Jahreszeit kompatibel.
Das Gleiche gilt für bestimmte Musiken: Was einem noch
im Tiefschnee eines Märztages beim Autofahren das Ohr
wärmte, wirkt im Frühjahr schnell todessüchtig. Vorgestern
zum Beispiel saß Sven Schuhmacher neben mir im Auto
und fragte, ob ich viel allein sei und Medikamente nähme.
Auf mein clever und schlagfertig gegengefragtes »Hä?
Wieso?«, sagte Schuhmacher nur: »Na ja, die Sonne plärrt
durch die Windschutzscheibe, ich trage Shorts und meine
geliebte Schirmmütze, und du bist fast nackt. Trotzdem
hören wir jetzt schon zum dritten Mal die Decemberists.«
Tja, da sieht man's, das ist der Beweis. Ich gebe zwar zu,
dass die soeben nacherzählte Begebenheit frei erfunden
ist, aber das ist ein legitimer schriftstellerischer Schach-
zug, um meinen Standpunkt klarzumachen. Das darf man
in Kolumnen, ich habe mich erkundigt. – Es muss also
Frühlingsmusik her. Weg mit dem tranigen Geknatsche
wehleidiger Jammerbands und her mit sonnendurchfluteten
Fingerschnipp-Rhythmen, auf denen es sich spärlich be-
kleidet gen Sommer reiten läßt! Aber: Die Musikindustrie
ist auf die Jahreszeiten-abhängigen Konsumentenbedürf-
nisse nicht im Geringsten eingestellt! Die veröffentlichen
einfach, was ihnen gerade in den Sinn kommt. Ein Beispiel:
Soeben kam die neue Ron Sexsmith vorbeigeflattert. Der
schönste Song der Platte besingt einen »Snow Angel«,
eine Frau, die sich irrsinnig gerne auf den Rücken fallen
lässt und dann, na ja, eben gerne Schnee-Engel macht. Äh,
was natürlich nur dann funktioniert und nicht mit üblen
Schmerzen endet, wenn auch Schnee liegt. Und genau da
liegt das Problem. Der Song ist toll, aber beim frühjähr-
lichen Kühlschrankputzen irritiert einen diese Schnee-
Engel-Tante einfach nur. Hätte besser im Herbst kommen
sollen, die Platte. Aber der Würgegriff der Veröffent-
lichungspolitik ließ es wohl nicht anders zu. Eigentlich ein

Wunder, dass die doofe Musikindustrie nicht auch ihre ganzen Weihnachts-Compilations aus lauter mangelndem Feingefühl im Juli rausbringt.

Halt! Soeben kommt mir über meinen häuslichen Privat-Ticker eine Meldung des Pop-Nachrichtendienstes ins Haus geflattert. Ich muss zugeben: Ich habe die smarten Cleverles von Oomph! unterschätzt. Gero und die anderen beiden Ledermantel-Johnnys haben bereits auf die frühjährliche Imagekrise reagiert. Kurzfristig kriegen sie das Ruder zwar nicht mehr rumgerissen, aber für den Sommer ist eine gemeinsame Single von Oomph! und DJ Sandim-Schuh angekündigt. Titel: »Gott trägt Flip-Flops.«

Pop zum Abheften

Warum Elvis seine besten Momente
im Sitzen hatte

Juni 2006

Meine sehr verehrten und lieben Herrendamen, vor
uns liegt ein pophistorisch immens wichtiger Monat, den
es allerorts mit ordentlich Bohai zu feiern gilt. Vielleicht
ist es der pophistorisch wichtigste Monat überhaupt, das
vermag ich aufgrund starken Alkoholkonsums gerade
nicht zu beurteilen (die Antialkoholmafia behauptet ja
immer wieder medienwirksam, Schnaps und Co. trübten
das Urteilsvermögen, weshalb ich mich hier und jetzt aufs
rein Faktische beschränken und nicht wahllos Superlative
abfeuern möchte). Wie auch immer: In diesem Juni jährt
sich zum 50. Mal ein Tag, der die Musikhistorie geradezu
ärmelartig umgekrempelt hat. Vor 50 Jahren, genau gesagt
am 3. Juni 1956, nahm Elvis Presley, der später unter dem
Namen Elvis Presley enorme Berühmtheit erlangen sollte,
seinen ersten Song im Sitzen auf! Aus heutiger Sicht mag
das kurios erscheinen, Fakt ist aber: Elvis hatte bis dahin
tatsächlich die meiste Zeit seines Lebens gestanden. Überhaupt wurde in den 50er Jahren noch weitaus mehr gestanden als heute. Erst in den mittleren 60er Jahren entdeckten
jugendliche Beat-Gecken die Freuden des Sitzens, woraus
eine Kultur des Herumlümmelns entstand, die bis in die
heutige Zeit reicht (s. hierzu auch Schuhmacher, Sven).
Der von Elvis im Sitzen aufgenommene Song wurde nie
veröffentlicht, die Masterbänder gelten als verschollen. Ich

153

weiß, dass mir zahlreiche Kritiker vorwerfen werden, hier
Quatsch zu verbreiten und musikhistorisch interessierte
Jugendliche leichtfertig zu verkackeiern. Diese Kritiker
(die vermutlich ohnehin nur neidisch auf meinen Alkohol
sind) kann ich aber leicht zum Verstummen bringen.
Besagtes Datum ist nämlich in der einschlägigen Musik-
wissenschaftsliteratur verbrieft. In mehreren vollkommen
unabhängigen Nachschlagewerken kann jener Termin
nachgelesen werden (als Beispiele seien angeführt: Albert
Koch, »Musik, Musik, Musik, Musik«, und Josef Winklers
melancholische Pop-Betrachtung »Die Zermürbung der
Flagellanten«).

Natürlich werde auch ich der Würdigung dieses historischen Termins in meiner unter Ausschluss der Öffentlichkeit versendeten Show einigen Platz einräumen. Unter
anderem werde ich im Juni in der Sendung mehrfach Elvis'
Stimme imitieren, und mehrere Zuschauer müssen raten,
wen ich da gerade alles NICHT nachgemacht habe. Zu
gewinnen gibt es Albert Kochs Buch.

Zum Zeitpunkt dieser Kolumnen-Niederschrift ist
noch unklar, ob sich der Musikexpress angesichts dieses
Elvis-Jubiläums zu einer Sonderbeilage oder einem Special
hinreißen lassen wird. Es würde noch diskutiert, so eine
Praktikantin. Sonderbeilagen und Specials sind ja nach
meinen bescheidenen Erkenntnissen der absolut heißeste
Obermindfuck im modernen Musik-Journalismus. Ständig
wird irgendwo etwas beigelegt oder es wird gespecialt: »Die
100 wichtigsten Platten«, »Die 100 unwichtigsten Platten«,
»die 25 ödesten Drogenplatten«, »die schwulsten Platten
der 80er«, »Bruce Springsteen – vom armen Hugo zum
Boss«, »die 42 geilsten Lounge- und Chill-Out-Platten«,
»Die Beatles – wer sie waren, was sie wollten« etc. Diese
ganzen Beilagen und Specials zeigen nicht nur, dass die
musikalische Vergangenheit augenscheinlich wichtiger,

154

interessanter und spannender als die anstrengend dauer-
anwesende Gegenwart ist. Sie beweisen auch: Pop ist
endgültig im Archiv angekommen, wo immer häufiger me-
terdicker Staub von zu recht verdrängten Platten gepustet
wird. Man kann den Pop aus Zeitschriften rausnehmen
und abheften. Ja, man kann sich die ganzen Beilagen auch
zu einer tollen Enzyklopädie binden lassen. Manche essen
diese Beilagen sogar, kleiner Scherz, 'tschuldigung. Und in
diesen Zeiten ist es, wie ich finde, eine Schande, nicht zu
wissen, dass Elvis seine besten Momente im Sitzen hatte.
Und Bruce Springsteen beim Rasenmähen.

Popkultur in deutschen Fernsehserien

Warum die Gilmore Girls auf Platz 1 sind und
Sarah im erdlochartigen Turmverlies

Juli 2006

Psssst. Nachdem ich Anfang Juni aufs heimtückischste
von Plappernasen-feindlichen Ruhe-Anbetern in ein
erdlochartiges Turmverlies verschleppt wurde, ist diese
Kolumne meine letzte Verbindung zur Außenwelt. Ich muss
meine Worte also mit Bedacht wählen und darf keinen
Platz durch redundante Platzverschwendung vergeuden.
Außerhalb meines turmverliesartigen Erdlochs tobt die
Fußball-Weltmeisterschaft – ein Ereignis, zu dem von so
ziemlich jedem schon so ziemlich alles gesagt wurde (u. a.
äußerten sich bislang Gerhard Delling, Franz Beckenbauer,
Raufbold Beckmann, diverse Fußballspieler, die Sportfreunde Stiller, Sonya Kraus, der Aushilfs-Tour-Bassist von
Apoptygma Berzerk, und viele andere, die ich für durchaus
aufzählenswert erachte, aber wie gesagt: Ich darf ja keinen
Platz verschwenden). Da sich also bereits alle geäußert
haben, kann ich hier über anderes schreiben. Zum Beispiel über etwas, das durch äußerste Abwesenheit glänzt:
Popkultur in deutschen Fernsehserien. Selbst Menschen,
die NIE Fernsehen gucken, werden um diesen Umstand
wissen. Zwar läuft in deutschen Fernsehserien stets grund-
los allerlei Musik (teilweise noch nicht mal besonders
schlechte). Ein selbstverständlicher, lässiger Umgang mit
Popkultur ist dem gemeinen Serienschaffenden jedoch
etwa so fremd wie Franz Beckenbauer der Backkatalog

156

von Slayer. Das ist schade, aber nur schlüssig in einem
Land, dem im Zusammenhang mit Pop allenfalls bei den
Wörtern Robbie oder Williams das Wasser in die Hose
schießt. Ganz anders in den vielgeschmähten USA. Man
kann den Amerikanern ja so allerhand vorwerfen, nicht
jedoch die Unfähigkeit, gekonnt zu unterhalten. Achtung,
super Verallgemeinerung: Jahahahaha, DAS können die
Amis – muslimische Länder in den Orkus bomben und
prima unterhalten. Und für Letzteres sollten wir den Amerikanern überaus pro-amerikanistisch danken. Und gerade
Serien, das haben die nun wirklich drauf. Gegenwärtig
beziehe ich 90 Prozent meiner täglichen Verzückung aus
der Serie »Gilmore Girls«. Viele ringelpullovertragende
Indie-Hooligans sind zwar immer noch der Meinung,
die »Gilmore Girls« seien entweder Mädchenkram oder
hohle Konfektionsware. Beides ist jedoch Mumpitz: Der
Tussi-Faktor der GGs tendiert gegenüber z. B. »Sex and
the City« gen null. Das Konfektions-Vorurteil wiederum
wird häufig daraus abgeleitet, dass sich die Serie lange Zeit
auf Platz 1 der deutschen DVD-Charts tummelte. In der
Regel mag das ja durchaus ein Indikator für Schrecklich-
keit sein, aber – und hier komme ich zur entscheidenden
Feststellung: Solange eine US-Serie auf Platz 1 der deutschen DVD-Charts ist, in der Björk-Schneemänner gebaut
werden, es Dialoge über Elvis-Costello-Bootlegs und die
Uncoolness von Coldplay hagelt und Subplots daraus
bestehen, dass eine stubenarrestgeplagte Protagonistin
trickreich die just an diesem Tag erscheinende neue Belle
& Sebastian-Single ergattern muss, will ich auch auf Platz
1 der deutschen DVD-Charts sein. Und mit der Heldin
Lorelai Gilmore, die Schreikrämpfe kriegt, wenn im Radio
drei Songs von Hootie & The Blowfish hintereinander
angekündigt werden, darf man mich ab sofort gerne ver-
wechseln, ohne von mir gehauen zu werden.

Also, die »Gilmore Girls« können im Gegensatz zu anderen Nummer-1-Phänomenen weiß Gott gut gefunden werden. Und sollte man doch noch Reflexe gegen amerikanische Unterhaltung hegen, so kann man die künftig ja auch weiterhin in Richtung von Tom Cruise oder Tom Hanks ausleben.

Anm. 1: Dass ich in einem Turmverlies gefangen gehalten werde, stimmt nicht. Ich wollte nur auf reißerische Art Aufmerksamkeit erzielen. Dass zum Erscheinungszeitpunkt dieser Kolumne Fußball-WM ist, soll versuchen zu leugnen, wer will.

Anm. 2: Liebe Redaktion – bitte checkt nochmal, ob Franz Beckenbauer wirklich keinen Schnall von Slayer hat. Könnte ja sein, dass ich mich irre. Und das Letzte, was wir jetzt brauchen könnten, wäre Ärger mit den Anwälten von Franz Beckenbauer oder Slayer.

Füllt das Sommerloch!

Herbert Grönemeyer komponiert eine
schmissige Nummer zur Vermählung
der Königstochter

August 2006

Der Sommer ist ein Loch. Eh man sich's versieht,
ist man auch schon reingeplumpst, sitzt drin und guckt
doof raus. Ach nee, geht ja gar nicht. Das Sommerloch
ist nämlich tief, da sieht man gar nix mehr. Und schreien
hilft auch nicht, weil ja alle anderen Kinder oben laut Ball
spielen und schlimme Sommermusik hören. Die einzige
Möglichkeit, diesem Sommerloch zu entkraxeln, besteht
darin, unlautere Gedanken anzustellen. Zum Beispiel
diesen: Herbert Grönemeyer hat zur WM in Deutschland
(die älteren Leser erinnern sich vielleicht) einen bei ihm
in Auftrag gegebenen Fußballsong komponiert. Wie alle in
Auftrag gegebenen Fußballsongs taugt das Lied nichts. Vor-
ne klingt's wie Grönemeyer (also angestrengt) und hinten
wie Grönemeyer, wenn er sich anstrengt. Hm. Früher war
Auftragskomponist noch ein ehrbarer Beruf. Ganz früher,
meine ich natürlich. Mag sein, dass ich jetzt historischen
Mumpitz verfasse, aber es gilt nun mal das schlimme Loch
zu füllen, und da ist historischer Mumpitz weitaus legitimer
als z. B. Mumpitz zum Thema Genforschung oder ein lang-
weiliger Text über Eier o. ä. Früher, in den Glanzzeiten
der Auftragskomponiererei, kam, galopp-galopp, ein Bote
des Königs beim besten Komponisten des Landes vorbei-
geritten und verlas in der finstren Stube eine königliche
Anordnung, derzufolge der Auftragskomponist schleunigst

159

etwas zu komponieren habe. Sagen wir, eine schmissige Mitschnipp-Nummer zur Vermählung der Königstochter oder irgendwas anlässlich des neuen königlichen Wappens. Ein Beutel mit Talern wechselte den Besitzer (»die zweite Hälfte gibt's hinterher«), und der Auftragskomponist machte sich ans Werk. – Ich will ja dem Herbert Grönemeyer nichts Schlimmes. Aber ich glaube, hätte er damals irgendeinem grimmigen König diese Fußballnummer abgeliefert – hui, da hätte er aber zur Strafe in Bochum Currywürste nachsalzen dürfen, bis er schwarz geworden wäre. Und das wäre noch eine glimpfliche Strafe für den bitte nie wieder zu parodierenden Deutschrock-Titan gewesen. Apropos »Currywürste in Bochum nachsalzen«: Gibt es heutzutage eigentlich noch sog. Ferienjobs? Oder sind die ausgestorben, weil man an Jugendliche, die mit sinnloser Arbeit ihr Sommerloch und ihr Portemonnaie zu füllen gedenken, angesichts der horrenden Arbeitslosigkeit nichts mehr zu vergeben hat??? Ich glaube, man hätte sich diesen Fußballsong ja besser bei irgendwelchen jugendlichen Computerfrickel-Jungs zu Hause am Laptop zusammenschrauben lassen sollen, da wäre was Besseres bei rausgekommen. Herbert Grönemeyer hätte im Umkehrzug einen Ferienjob bekommen. Als Kellner in einer Saison-Kneipe zum Beispiel, die »Sommerloch« o. ä. heißt. Ich will hier übrigens keinen Streit mit Herbert Grönemeyer anfangen, der ja sicher begeisterter Leser meiner kleinen Kolumne ist. »Mensch« war ein toller Song, und der Grönemeyer ist, glaube ich, ein netter Mann, er hätte nur den blöden Fußballsong nicht komponieren sollen. Andererseits: So hat wenigstens Stefan Raab nicht den Zuschlag gekriegt. Wobei: Niemand soll den Zuschlag kriegen, denn Gewalt ist doof und schlecht gekleidet (s. auch Hooligans). So, ein Stück des Lochs wurde in den soeben verschwendeten Zeilen liebevoll gefüllt. Den Rest mögen nun bitte in den verbleibenden Lochmonaten andere tun: entlaufene Tiere zum Beispiel. Oder auch immer gern durchs Loch gejagt: Unvorteilhaft fotografierte, eigentlich aber immer vorteilhaft aussehende Prominente am Strand. Oder Ahmadinedschad mit Moonboots.

Auf Lesetour nach St. Bad Irgendwo

Erst Fototermin mit Waisenkindern,
dann im Bett mit der Zielgruppe

September 2006

Liebe Brieffreunde, wenn euch diese Zeilen erreichen, bereite ich mich gerade auf meine erste große Tournee vor. Es ist eine Lesetour, was im Wesentlichen bedeutet, dass ich durch Deutschland gurken und aus einem Büchlein vorlesen werde. Es scheint da einen Markt für zu geben, was ich an dieser Stelle aus sehr persönlichen Gründen ausdrücklich begrüßen möchte. Eine kürzere Lesetour durfte ich bereits vor einigen Monaten absolvieren. Daher sei an dieser Stelle allen Menschen, die sich mit dem Gedanken tragen, selbst einmal mit irgendwas auf Darbietungsreise zu gehen, gesagt: Alles, was an furchteinflößenden Klischees über Tourneen verbreitet wird, stimmt.

In der Regel wacht man morgens übernächtigt auf und fragt sich, in welcher Stadt man ist. Wenn der Blick aus dem Hotelzimmerfenster keinen erkenntnisfördernden Eiffelturm o. ä. bereithält, ist davon auszugehen, dass man sich entweder in Chemnitz, Bielefeld oder in St. Bad Irgendwo befindet. Aus Verzweiflung über diese Desorientierung sucht man erst mal nach der Drogendose. Frustriert bemerkt man entsetzliche Knappheit in selbiger und wirft sie vor lauter Wut aus dem Fenster. Unten auf der Straße stehen immer noch die drei Mittfünfziger, die schon die ganze Nacht hindurch gekreischt und »Sarah, Sarah« geschrien haben. Einer wird von der Drogendose am Kopf getroffen und fällt in ein Koma, was den Rest der Tournee in Form wenig positiver Negativpresse begleiten wird. Die anderen beiden Mittfünfziger schreien weiter. Nach diesem Vorfall: Frühstück mit der Crew. Wie man sich denken kann, reise ich mit einem Riesenteam, bestehend aus 45 Lichtroadies, 87 Sounddesignern, zwei Sachen-an-die-Wand-Projizierern und einem schrulligen Stagedesigner, der meine Bühnenaufbauten jeden Abend tagesaktuell an die jeweilige Stadt anpasst. Hinzu kommen die diversen Assistenten und Praktikanten der Lichtroadies und Sounddesigner. Ich kenne alle mit Namen und mache – ähnlich wie Madonna in »In Bed with selbiger« – knuffige kleine Scherze mit ihnen. Ständig sitzen irgendwelche Bühnentänzer bei mir auf dem Schoß rum, zu denen ich in während der Tournee mitgedrehten Dokus ständig »Darling« o. ä. sage. Richtig, ich vergaß zu erwähnen: Ich habe auch etliche Bühnentänzer, und natürlich dreht Sönke Wortmann einen Film über das Ganze, der mich auch in weniger vorteilhaften Momenten zeigt. Das ist mir und Sönke wichtig. Kritiker werden natürlich schimpfen, dass auch diese Authentizität nur eine weitere Form der Inszenierung sei, aber das ist mir egal. Es gibt Wichtigeres zu tun; die Drogendose muss neu aufgefüllt werden.

Es geht weiter in die nächste Stadt. Ich trage mich erst mal im dortigen Rathaus unter Blitzlichtgewitter ins Goldene Buch ein und besuche anschließend ein Waisenhaus. Beim Fototermin mit den Waisenkindern sage ich wieder zu einem meiner Tänzer »Darling«. Auf der Toilette des Waisenhauses kommt es endlich zum langersehnten Kontakt mit meinem Drogenlieferanten. Die Qualität ist sehr gut, die Show am Abend wird fantastisch. Spontan stelle ich das Programm um und lese Teile der Hausordnung vor, der Saal tobt. Nach dem Auftritt: Katerstimmung. In einen Nerzmantel eingewickelt sitze ich im Backstage-

Raum und komme von den unzähligen Drogen runter. Jetzt hilft nur noch schnelles, brutales Petting mit viel zu jungen Groupies. Ich nehme zwei Zwölfjährige – meine Kernzielgruppe – mit ins Hotel, verliere sie aber beim von mir initiierten Aufzug-Wettfahren. Ich schaue noch eine Dokumentation über eine Lachsfarm in Stralsund, schreibe noch einen kurzen depressiven Herbsttext und falle trotz des Gejammers der beiden 12-Jährigen unter meinem Fenster in einen albtraumreichen Schlaf. So läuft das auf Tourneen. Anthony Kiedis hat mal zu mir gesagt: Irgendwann nach den Drogen, dem Sex und all dem anderen Irrsinn wird's besser. Dann geht es nur noch um das eine, Wesentliche. Um blöde Tätowierungen.

Fernsehen macht dick

Die Ernährungspyramide des TV
steht nicht auf Gemüse

Oktober 2006

Letztens bin ich beim Fernsehen rausgeflogen. Acht-
kantig, wie man so schön sagt. Erst flog ich. Dann ging die
Tür nochmal auf, und jemand warf mir noch mein Tambu-
rin aus einer älteren Kolumne hinterher. Da saß ich nun im
Schnee und dachte nach. Eigentlich, so dachte ich, ist das
Fernsehen sowieso nicht für mich geeignet. Es macht dick.
Das weiß ich seit ich kürzlich auf einem Empfang Ottfried
Fischer traf, einen im privaten Leben eher spindeldürr
daherkommenden Hungerhaken. Er wird schlichtweg von
technisch unzureichenden Kameras, die seinen baumhohen,
sich kerzenartig in den Himmel schraubenden Körper
nicht abzufilmen in der Lage sind, unvorteilhaft zusammen-
gestanzt.
Egal.
Danach sinnierte ich über eine Frage, die mir Journa-
listen in letzter Zeit dauernd stellen: Was ist eigentlich das
Problem am (Musik-)Fernsehen? Was ist falsch? Und wer
ist schuld? An jenem frostigen Tag kam mir die Antwort:
Das Fernsehen krankt an dem gleichen Missstand wie
die bundesdeutsche Ernährung. Ich will das kurz ausfüh-
ren – wir haben doch die Zeit, oder? (Ich schaue an dieser
Stelle fragend über meine Lesebrille hinüber zu Albert
Koch. Gut, dann los.)
Die richtige Ernährungspyramide funktioniert wie

165

folgt: Unten, im breiten Teil, tummelt sich ganz viel Gemüse, Ballaststoffreiches und Vitaminspendendes. Davon muss viel gegessen werden, weshalb es sich dabei ja auch um den breiten Teil der Pyramide handelt, auf dem sich fundamentartig alles gründet. Je weiter es nach oben geht, desto ungesünder werden die Lebensmittel. Ganz oben, wo die Pyramide keilartig spitz wird, finden sich Dinge wie doppeltkrokantige Chunk-Marshmellow-Riegel o. ä. Denn: Dann und wann einen solchen zu genießen, ist ja erlaubt. Schließlich steht unten ja der breite Gemüse- und Ballaststoffsockel. Aber eben nur dann und wann. Genauso ist es mit dem Fernsehen: Eine stabile TV-Pyramide müsste unten lauter untertitelte Dokumentationen über Menschenrechtsverletzungen im Sudan haben. Etwas mittiger ein paar preisgekrönte französische Kinofilme, anregende Magazine und die ein oder andere hübsche Personality-Show, in der gelegentlich schwedische Indie-Musikanten ihre Instrumente schwenken dürfen. Und oben an der Spitze dürfte somit ruhig auch eine bekloppte menschenverachtende Casting-Show blitzen, in welcher der bullige Tanz-Bootcamp-Leiter seine polierte Birne in die Kamera halten dürfte. Denn: TV-Blödsinn, dann und wann und in Dosen genossen, erdet und verzuckert den Abend, so wie eine ungesunde Süßigkeit dann und wann die Launelatte zum Erigieren bringt. Dummerweise aber ist es andersrum: Die TV-Pyramide ist unten satt und breit auf Mumpitz gegründet. Massiver, unerschütterlicher Blödsinn, der jede Volksgesundheit gen Pflegeheim schubst. Das Fundament besteht aus Mist, und nur gelegentlich leuchtet oben dann und wann dünn ein Lämpchen der Wahrheit. Demnach bedeutet dies: TV-Macher sind letztlich nur überforderte Eltern, die ihre Zuschauer-Kinder mit Süßigkeiten-Trash vollstopfen, damit sie die Fresse halten (und die das wissen, aber ignorieren). Sie sind für den schwierigeren Weg (gutes

Fernsehen/gesunde Ernährung) entweder zu doof, zu faul, zu gestresst, auf jeden Fall aber zu verantwortungslos. Nur: Eltern kann man das Sorgerecht entziehen, Fernsehmacher hingegen dürfen die schreienden Gören mit Quatsch vollblasen, bis sie platzen (leider die Gören, nicht die Fernsehmacher). Zugegeben, das ist eine traurige, geradezu niederschmetternde Erkenntnis. Aber ich bin ja nicht hier, um para-literarischen Frohsinn in die Welt zu pumpen.

Übrigens sorgten Pyramiden auch in der Popkultur nur für Ärger. Sie finden sich ausschließlich auf Hüllen schlimmer Platten (Alan Parsons Project, Pink Floyd, Camel).

Nun ja. Ich sitze übrigens immer noch im tiefen Schnee, denn dort, wo man mich rauswarf, klirrt es so kalt aus den Herzen, dass dort ganzjährig Schnee liegt. Hoffentlich kommt bald jemand und heiratet mich hier weg.

Bitte Bewegungen bilden!

Sarahs Wunsch ist der Vater der Porzellankiste

November 2006

Meine diesmalige Kolumne wendet sich gezielt und mit Schmackes vor allem an meine jugendlichen Leser. Die älteren Leser – also alle ab etwa 45 aufwärts, die freilich den größten Teil meiner Zielgruppe bilden – dürfen diesmal meinen Text schwänzen. Das darin enthaltene Material wird nicht prüfungsrelevant sein, es entstehen den älteren Lesern also keine Nachteile bei der Versetzung o. ä. Und überhaupt – was ist das bitte für eine Chance: Durch die Nichtlektüre dieser Kolumne spart man geschätzte zweieinhalb Minuten, die sich für andere gewinnbringende Tätigkeiten nutzen lassen. Zum Beispiel dazu, Sachen vom Boden der Wohnung aufzuheben, die man da schon seit Wochen rumliegen sieht und bei denen man sich fragt: Welcher Gegenstand ist das noch gleich? Man kann sich auch einfach kurz zweieinhalb Minuten hinlegen, mir soll das recht sein.

So, jugendliche Leser, wir sind unter uns. Ich möchte meine begrenzte Zeilenzahl diesmal zu einem flammenden Appell nutzen. Jugendliche, bitte bildet wieder Bewegungen! Die älteren unter den Jungen (also die, die jetzt nicht gerade angestrengt einen soeben aufgehobenen Gegenstand betrachten oder pennen) erinnern sich vielleicht noch an die Frühphase der Frisurenträgerband Tocotronic. Die sang einst vergnügt den Indie-Schlager »Ich möchte Teil einer Jugendbewegung sein«. Das war in den sagenumwobenen Neunzigern. Das war vor dem 11. September, vor Klingeltönen, Handys, dem Internet, Casting-Shows, Franz Ferdinand, Indie für alle usw. Und damals, so berichten Überlebende, waren die Zeiten schon schlimm genug. Heute ist alles schlimmer – vor allem die Jugendlichen bzw. die schlimmen Umstände, die sie zu dem gemacht haben, was sie sind (s. Indie für alle, Internet, blablabla). Diese Jugendlichen sind verwirrt und verwöhnt, sie tragen wahlweise Quergestreiftes und sehr enge Hosen, oder sie sind vom R'n'B versaut und wollen, so wie man früher »irgendwas mit Medien« machen wollte, »irgendwas mit Porno« machen. Ich habe diese Jugendlichen sehr lieb. Ich würde sie jederzeit beim Trampen mitnehmen, sie auf meinem Bett auf und ab hüpfen lassen und ihnen Lehrstellen besorgen, keine Frage. Trotzdem bange ich um sie. Die Mutter in mir sorgt sich. Ein wenig teile ich ihre Leere und Orientierungslosigkeit, nur dies ermöglicht es mir, so verzweifelt an sie zu appellieren. Habe ich eigentlich schon richtig appelliert? Nein, dann also jetzt: Jugendliche, schließt euch zu Bewegungen zusammen! Lasst ein großes Hauruck durchs Land gehen! Es muss noch nicht mal zwingend mit Politik zu tun haben. Es würde reichen, wenn ihr euch alle total bescheuerte Klamotten anziehen würdet, die nicht schon nächste Woche als Abguck-Variante bei H & M hängen. Auch wäre es toll, wenn ihr Musik hören würdet, die nicht schon morgen als Musik unter einem MTV-Beitrag über geiles Shoppen in Skandinavien liegt. Vielleicht würde es auch schon reichen, wenn ihr auf einmal alle total blöd gehen würdet. Auf eine Art, die niemand versteht, die aber Druck macht. Ich weiß, ich muss grad reden. Ich bin selbst Teil vom Vereinnahmungsapparat und höre selber gern skandinavische Shoppingsbeitragsmusik, aber der Wunsch ist ja schließlich der Vater der Porzellankiste oder wie das heißt. Begehret auf! Seid unverständlich! Nervt! Tragt Badehosen auf dem Kopf und boykottiert das Internet! Irgendwie so was! Ich weiß, aus meinen Worten mag Hilflosigkeit sprechen, aber vielleicht ist das ja ein Anfang. Also, lasst uns anfangen. Und wisst ihr, was? Ein toller Beginn wäre es, die älteren Leser dieser Kolumne einfach nicht mehr aufzuwecken.

Geschlechtsumwandlung des Geistes

Weihnachten mit Michael Jacksons
Beatles-Song »Ob-La-Dings-Ob-La-Hop«

Dezember 2006

Ein Blick auf den Musikexpress-Kalender an meiner
Ideenwand lässt mich heute freudig und fingerknackend
ausrufen: »Aaaah, Weihnachten! Klasse!« Rasch einen
Zimt-Tee aufgebrüht und ran an die Schreibmaschine,
klapperklapperklapperklapper, schreibschreibschreib.
Doch Halt: Wer glaubt, von mir an dieser Stelle das müde
und durchgekaute Thema »Weihnachten« als Durststre-
ckenlöscher im Angesicht fortgeschrittener Ideenarmut
verkauft zu bekommen, der irrt sich. Denn: Weihnachten
ist kein müdes Pflichtthema, das höchstens noch den
Zweck erfüllt, ratlosen Kolumnenschreibern in aller Welt
billiges Material zum Füllen ihrer Leerflächen zu liefern.
Weihnachten ist ein absoluter Hirnfick, eine sinnliche Geschlechtsumwandlung des Geistes, das Wacken Open Air
unter den Superthemen, für das man das Zeug haben muss.
Moment, darf man Weihnachten als Hirnfick bezeichnen
oder bekommt man da Ärger mit irgendwem? Und wenn
ja – mit wem? Mit der Kirche – wohl kaum. Die Kirche hat,
soweit ich weiß, alle Rechte an Weihnachten längst ver-
loren. An wen? Na, an die Industrie. Andererseits erfährt
man ja immer wieder, dass alle möglichen Sachen den ko-
mischsten Leuten gehören. YouTube zum Beispiel gehört
Google, das ergibt noch einigermaßen Sinn. Die Beatles-
Songs wiederum gehören Michael Jackson. Wobei: Ge-

hören die tatsächlich noch Michael Jackson? Darf Michael Jackson, der mittlerweile verarmte ehemalige Prinz of Pop, noch morgens müde zum Computer schlappen, die Kiste hochfahren und in seinem E-Mail-Account checken, wie viel ihm alleine letzte Nacht die ganzen Beatles-Songs an Umsatz eingebracht haben? Ist das noch so, oder ist dies ein Bild, das der Vergangenheit angehört? Sollte dem so sein, muss man sich wohl wieder Paul McCartney vorstellen, wie er morgens mit zerzaustem Haar und im Bademantel zum Computer schlappt und händereibend den gestern eingefahrenen Zaster begrüßt. Nein, das ist keine naive Vorstellung – da kommt allabendlich einiges zusammen! Man muss nur einmal abends irgendwo in der Draußengastronomie rumsitzen. Nach spätestens fünf Minuten kommt irgend 'ne Pfeife vorbeigelaufen und spielt auf der Pfeife »Ob-La-Dings-Ob-La-Hop«. Durch einen mit der Pfeife verbundenen Adapter, der mit Paul McCartneys (vormals Michael Jacksons) Computer verbunden ist, geht sofort die Meldung ein: »Achtung, Lied wurde gespielt, Gewinnbeteiligung in Höhe von soundsoviel geht bald ein.« So oder ähnlich. Allerdings ist gerade ein bisschen Tantiemen-Flaute, was damit zu tun hat, dass nicht sonderlich viele Ob-La-Di-Pfeifen um die Häuser ziehen und pfeifen, weil die Außengastronomie gerade von etwas ganz anderem durchpfiffen wird: Wind nämlich. Das wiederum liegt an Weihnachten, meinem eigentlichen Kolumnenthema heute. Bevor mir jetzt Kritiker vorwerfen, das Thema verfehlt zu habe, belle ich prophylaktisch zurück: »Egal! Mir vollkommen wurscht. Denn stets war es mein Ansinnen, Lehrreiches dort zu vermitteln, wo es gerade im Weg rumliegt, auch wenn es auf einem äußerst schmalen Seitenpfad der Hauptthematik geschieht.«

Um jetzt noch massiv ins Thema Weihnachten einzusteigen, ist der Platz natürlich ein wenig klamm. Daher sei nur das Wichtigste gesagt: 1. Nicht wieder den alten Weihnachtsfehler machen und zu viel erwarten. Das hier ist immer noch die Realität und keine amerikanische Christmas-Komödie mit, sagen wir, Billy Crystal (1. Erwähnung in meiner Kolumne!). 2. Nehmt euch nicht vor, diesmal nicht so viel zu essen wie sonst. Klappt eh nicht. Und 3.: Billy Idol hat ein Weihnachtsalbum gemacht. Kauft es nicht, es ist totale Scheiße!

Sie macht Schluss!

Warum Sarah jetzt »was mit Medien macht«
und dabei aus dem Fenster guckt

Januar 2007

Ladies & Gentlemen, erleben Sie heute Sarah Kuttner
in »Sarah – Eine Frau macht Schluss«. Für alle, die es nicht
aus den Tagesthemen erfahren haben: Ja, es ist so weit,
ich habe mich dazu entschlossen, diese Kolumne nieder-
zulegen. Für immer und ewig. Ich weiß, die Rolling Stones,
Chris Rea und andere Showgrößen hören auch ständig mit
allem auf, nur um dann doch wiederzukommen und für
teures Geld »Ätschbätsch« zu sagen. Aber mir ist es ernst.
Mit wehmutumspülter Pupille nehme ich hiermit Abschied
von meiner Tätigkeit als Musikexpress-Kolumnistin, um zu
neuen Ufern der Herausforderung zu kraulen. An diesen
Ufern wartet vermutlich die gesamte Belegschaft der Serie
»Lost« auf mich, um mir zu Ehren am Strand eine Nachbil-
dung meiner derzeitigen Frisur zu tanzen, aber das gehört
jetzt wohl eher in den Bereich der unlauteren Privatphan-
tasien. Was genau ich nach Quittierung meines Dienstes
machen werde, weiß ich noch nicht genau. Aber ewig
weiter auf meinem Popo sitzen und Kolumnen schreiben
mag ich auch nicht. Ich bitte dies nicht als mangelnden Respekt gegenüber dem Kolumnenschreiben zu verstehen. Im
Gegenteil: Die Tätigkeit der Kolumnistin ist enorm privi-
legiert, da man sich zu fast allem so äußern möchte, wie einem die Tastatur gewachsen ist. Auch hege ich keinen Groll
gegen die Musikexpress-Redaktion. Tatsächlich hat man

mich dort immer gewähren lassen, so dass ich hier und jetzt in tiefer Zuneigung ausrufen kann: Liebe Musikexpress-Redaktion, was auch immer IHR in Zukunft so treiben werdet – ich werde alles von euch kaufen. Für teures Geld werde ich bei Ebay Möbel ersteigern, auf denen Albert Koch gesessen und Razorlight-feindliche Texte verzapft hat. Im Gegenzug erwarte ich natürlich von der Redaktion, dass diese auch MEINEN Kram kauft. Womit wir wieder bei mir und meinen zukünftigen Aktivitäten wären.

Es gibt so viel zu tun, worum ich mich in Zukunft anstelle des Kolumnenverzapfens kümmern möchte. Ein erster wichtiger Schritt besteht darin, mich mehr damit zu beschäftigen, aus dem Fenster zu gucken. Herrlich, was da alles passiert. Ein zweiter entscheidender Schritt besteht darin, die Söhne Mannheims zur Auflösung zu bewegen und die Drei Jungen Tenöre gegeneinander aufzuhetzen. Ich denke, ich werde Tenor 1 erzählen, Tenor 3 hätte zu Tenor 2 gesagt, er könne locker den Part von Tenor 1 noch mit verbundenen Augen und geknebelten Stimmbändern mitsingen. So oder ähnlich. Danach unternehme ich etwas gegen anstrengende Jahresanfänge, und wenn ich dann noch Zeit habe, mache ich vielleicht noch irgendwas mit Medien. Mal sehen. Bis dahin verneige ich mich an dieser Stelle so tief vor meinen Lesern, dass ich ihnen von unten in die Hosen rein, respektive unter die Röcke gucken kann. Ihr wart toll. Macht das mit dem Lesen unbedingt weiter. Oh, und tut mir bitte einen Gefallen: Sollte ich auf die fragwürdige Idee kommen, eine Platte aufzunehmen – kauft sie bitte nicht! Ich plane definitiv keine Gesangskarriere, das wäre für niemanden gut, am wenigsten für mich. Sollte ich es doch versuchen, hat man mich mit dem üblichen Unfug gelockt: Rauschgift, Geld. Oder man hat mir irgendwo eine Kolumne angeboten.

Die Kolumnen im ersten Teil dieses Buchs erschienen erstmals in der *Süddeutschen Zeitung* zwischen dem 19.12.2005 und dem 30.12.2006.
Die Kolumnen im zweiten Teil erschienen erstmals im *Musikexpress* zwischen Februar 2006 und Januar 2007.
Gegenüber den Erstveröffentlichungen enthält diese Buchausgabe alle Texte in überarbeiteter Form und der ursprünglich vorgesehenen Länge.

Die Illustrationen stammen von Peter Pannes.

Dank und größte Zuneigung gehen an:

Elvis und Stulle!

Außerdem danke ich für Unterstützung und Freundschaft: Ansa, Boris, Nora, Sven, Robert, Poppie, Jana, Albert und der Familie Kuttner/Winde.

Vielen Dank auch dem *Musikexpress* und der *Süddeutschen Zeitung* für die letzten zwei Jahre und ein nicht endenwollendes Vertrauen in mich und diese Kolumnen.

Zu guter Letzt: Danke, liebe »Kuttner.«-Redaktion, die ihr erhobenen Hauptes mit mir diesen Weg gegangen seid!

Inhalt

7 Vorwort

Die SZ-Kolumnen

11 Snowboards zu Pflugscharen
14 Zwischenlacher
17 Slipknot beim Skispringen
20 Auf der Showtreppe der Ewigkeit
23 Holland mit Sido-Maske zur WM
28 Doofe Technik
31 Hools bei H&M
33 Das Tarif-Steak
36 Der bärtige Gute
39 Sexfilmchen von urbanen Pennern
42 »Schauen Sie, Herr Blair, ich stelle Ihnen das ein.«
45 Schülerpraktikum bis 67
47 Ulk der Nation
52 Mit Roger Willemsen ins Kabbala-Musical
54 In Vans gehen
57 Islam + Fußball = Sommerhit
59 Immer dieser Sommer
61 Monster & Ärzte
64 Pappe ziehen
68 Mein Freund, der Bär

71 Albern als Beruf

73 Otti küßt Nokia

76 Alle werden treu

79 Augenklappen bei H&M

81 Beef bei den Kuttner-Schwestern

86 Cola-Gespräche mit dem Papst

89 »Sara« – nackig im Pool mit Bob Dylan

92 Helm auf!

95 Selber-Spam

98 Im Taxi singen

101 Locht Kastanien!

106 YouBier.com

109 Hippie-Buben-Tape

112 Wüste Schlittschuhe

114 Fünfhebiger Palstek mit Überwurf

116 Vorweihnachtlich

119 Der Bondwurm

121 Aquarienschuhe

126 Über Schwächeanfälle

128 Weihnachten mal besser

131 Ein Tacken X-mas

133 Silvester bei Sarah

135 Auf Wiedersehen, Sarah

Die Musikexpress-Kolumnen

141 Geheimkonzerte auf Dual Discs

144 »Der gesellschaftliche Druck wird einfach zu groß«

147 Klamottenberatung für hilflose Popstars

150 »Gott trägt Flip-Flops«

153 Pop zum Abheften

156 Popkultur in deutschen Fernsehserien

159 Füllt das Sommerloch!

162 Auf Lesetour nach St. Bad Irgendwo

165 Fernsehen macht dick

168 Bitte Bewegungen bilden!

171 Geschlechtsumwandlung des Geistes

174 Sie macht Schluss!

Sarah Kuttner
**Das oblatendünne Eis des
halben Zweidrittelwissens**
Kolumnen
Band 17108

Alles, was wir schon immer von Sarah Kuttner wissen wollten: Ist Angela Merkel und die CDU ein guter Bandname?
Wie liest man eigentlich den Jahreswirtschaftsbericht? Was
hat es bloß mit dem Trend zur Umhängeuhr auf sich, und
wird vom Bionade trinken alles schöner? Sarah Kuttner
kommentiert aktuelle Ereignisse, die die Welt bewegen.
Jetzt in extrem neuer Rechtschreibung mit besonders
komplizierten Wörtern!

» Sarah Kuttner ist der Beweis:
Es gibt auch Frauen, die es können.«
Harald Schmidt

»Dieses grundlegende Werk gibt den wichtigen
Anstoß und den erneuten Anlass einer öffentlichen
Auseinandersetzung um Werte, Traditionen und
Neuorientierungen hinsichtlich der Grundlagen
unserer Kultur. Wicked!«
H. P. Baxxter

Fischer Taschenbuch Verlag

fi 17108 / 1

Rainald Grebe
Global Fish
Band 16916

Thomas Blume, der soeben sein Abitur mit 1,0 bestanden hat, plant eine vierwöchige Seereise, heuert auf einem alten Klipper an und gerät in ein phantastisches Abenteuer. Ist das alles ein Live-Rollenspiel, reine Imagination oder die Wirklichkeit? Der flexible Mensch auf Irrfahrt durch eine verstörend reale Weltkulisse.

Rainald Grebe erhält den Deutschen Kleinkunstpreis 2006

»GLOBAL FISH ist Ulysses Reloaded,
ist Kafka meets Monty Python ... Rainald Grebes
Romandebüt ist das großartigste, verstörendste,
komischste Buch, das ich in den letzten
Jahren gelesen habe.«
Jess Jochimsen

Fischer Taschenbuch Verlag